HEYNE
BÜCHER

W0292900

Hanns Dieter Hüsch wurde am 6. Mai 1925 in Moers am Niederrhein geboren. Nach kurzem Studium, zunächst Medizin, dann Theaterwissenschaft und Literaturgeschichte, wurde er 1947 Kabarettist. Er trat anfangs mit Soloprogrammen auf, von 1956—1962 in dem Ensemble »Arche Nova«. Er macht seither vor allem wieder seine beliebten Soloprogramme, für die er mit dem Deutschen Kleinkunstpreis ausgezeichnet wurde. Hanns Dieter Hüsch lebt heute in Köln.

HANNS DIETER

HÜSCH

Den möcht ich sehn...

WILHELM HEYNE VERLAG
MÜNCHEN

HEYNE ALLGEMEINE REIHE
Nr. 01/8802

Dieser Band erschien bereits in der Reihe »Cartoon & Satire«
mit der Band-Nr. 35/27
sowie in der Allgemeinen Reihe
mit der Band-Nr. 01/7635

5. Auflage
1. Auflage dieser Ausgabe

Copyright © 1978 by Satire Verlag GmbH, Köln
Wilhelm Heyne Verlag GmbH & Co. KG, München
Printed in Germany 1993
Umschlagillustration: Süddeutscher Bilderdienst/
Ursula Röhnert, München
Umschlaggestaltung: Atelier Ingrid Schütz, München
Gesamtherstellung: Ebner Ulm

ISBN 3-453-06442-9

»Ich bin gekommen Euch zum Spaß
und gehe hin wo Leides ist
und Freude
und wo beides ist,
zu lernen Mensch und Maß«

1954

Hanns Dieter Hüsch

Die großen gesellschaftlichen Konflikte und die kleinen, scheinbar unüberwindlichen menschlichen Schwächen sind seit rund 30 Jahren die Themen, mit denen sich der literarisch subtilste Solokabarettist der Bundesrepublik, Hanns Dieter Hüsch, beschäftigt. Was er dem Publikum offeriert, sind weniger Lieder als Sprechgesänge von bestechender sprachlicher Prägnanz. Die phantasievolle Vielfalt seiner sprachlichen und formalen Ausdrucksmöglichkeit führte im Laufe der Jahre immer wieder zu Mißverständnissen und Fehlurteilen, da Hüsch in keine der zeitbezogenen Schubladen paßte, die von der einen oder anderen Richtung für ihn frei gehalten wurden.

Dabei sind weder seine Chansons, Gedichte und Geschichten aus den frühen Jahren, noch die Texte, die, in kompliziert dramaturgischer Struktur verhüllt, den Abgesang an die »geschlossene Gesellschaft« formulieren, die im obrigkeitsstaatlichen Denken, keinerlei Veränderung mehr zuläßt, in der Wahl der sprachlichen Mittel von lyrischer Zartheit: im Gegenteil, es sind immer die Mittel des entfesselten Parodisten und Komödianten, der sich als Figur in Szene setzen, seinen Witz und Spieltrieb auch gegen den Zeitgeschmack austoben will.

Daß er dabei auf die verschiedenen Gattungen, Politbarde oder Lyriker, Lieder- oder Nonsensmacher, Kabarettist oder Literat, festgelegt wird oder von diesen abgegrenzt wird, ist nicht sein Verschulden.

Hanns Dieter Hüsch hat allen diesen Zeiterscheinungen voraus, daß »sinnerfüllte Worte« für sein Sprachgefühl offenbar etwas Gegenständliches haben. Er kann sich an ihnen freuen, kann sie wählerisch und wählend nebeneinander legen wie ein Augenkünstler farbige Stoffe. Die

Einsicht in die Sprache der Menschen vermittelt ihm eine Einsicht in das Denken der Menschen, das hat ihn zu einem skeptischen Realisten und zu einem radikalen Moralisten werden lassen, dem allerdings der Zynismus, den andere mit gleichem Einblick schnell benutzen, völlig fremd geblieben ist. Dies alles ist vielmehr beredter Ausdruck einer Verzweiflung, eines Pessimismus, der ihn zum »Kämpfer wider Willen« gemacht hat, weil ihn die Gegebenheiten dazu zwingen.

Denken passiert in Sprache, und Hanns Dieter Hüsch hat dieses Mittel, wie vor ihm etwa Johann Nestroy, Karl Kraus, Karl Valentin oder Kurt Tucholsky auch als ironischer Satiriker genutzt, indem sich die Sprache Gedanken macht über die Dinge. Er erlöst die Sprache vom Starrkrampf, und sie wirft ihm für jede Redensart einen Gedanken ab. Bei Hüsch gibt es oft winzige Zwischenmonologe, wo ein Satz über die Bühne geht und eine Figur, ein Milieu, eine Epoche entsteht.

Unsere Sprache, unser Umgangsdeutsch, wird in der Quintessenz von ihm in seiner ganzen Vielfalt zu totaler satirisch-parodistischer Wirkung gebracht. In ihrer Bildhaftigkeit berührt sich seine dramatische Humorsprache oft auch mit einer ganz andersgearteten poetischen Kategorie: mit der Lyrik.

Die Vielfalt dieser angedeuteten Ausdrucksmöglichkeiten, die auch der wesentliche Bestandteil der kabarettistischen Bühnenprogramme von Hanns Dieter Hüsch ist, sollte in diesem Buch dokumentiert werden, deshalb wurde auf die Titel der Texte oder eine zeitliche Chronologie verzichtet. Die vorliegende Zusammen- und Gegeneinanderstellung der Texte vermittelt authentisch das Engagement und die Melancholie, die Skepsis und die Ironie, mit der Hanns Dieter Hüsch seit 30 Jahren auf der Bühne lebt.

Reinhard Hippen

Ich sing für die Verrückten
Die seitlich Umgeknickten
Die eines Tags nach vorne fallen
Und unbemerkt von allen

An ihrem Tisch in Küchen sitzen
Und keiner Weltanschauung nützen
Die tagelang durch Städte streifen
Und die Geschichte nicht begreifen

Die sich vom Kirchturm stürzen
Die Welt noch mit Gelächter würzen
Und für den Tod beizeiten
Sich selbst die Glocken läuten

Die an den Imbißtheken hängen
Sich weder vor- noch rückwärtsdrängen
Und still die Tagessuppe essen
Dann alles wieder schnell vergessen

Die mit den Zügen sich beeilen
Um nirgendwo zu lang zu weilen
Die jeden Abschied aus der Nähe kennen
Weil sie das Leben Abschied nennen

Die auf den Schiffen sich verdingen
Und mit den Kindern Lieder singen
Die suchen und die niemals finden
Und nachts vom Erdboden verschwinden

Die Wärter stehen schon bereit mit Jacken
Um werkgerecht die Irrenden zu packen
Die freundlich auf den Dächern springen
Für diese Leute will ich singen

Die in den großen Wüsten sterben
Den Schädel schon in tausend Scherben
Der Sand verwischt bald alle Spuren
Das Nichts läuft schon auf vollen Touren

Die sich durchs rohe Dickicht schieben
Vom Wahnsinn wund und krank gerieben
Die durch den Urwald aller Seelen blicken
Den ganzen Schwindel auf dem Rücken

Ich sing für die Verrückten
Die seitlich Umgeknickten
Die eines Tags nach vorne fallen
Und unbemerkt von allen

Sich aus der Schöpfung schleichen
Weil Trost und Kraft nicht reichen
Und einfach die Geschichte überspringen
Für diese Leute will ich singen.

1969

In Kürze werden sich ganz ungewöhnliche Dinge
Ereignen, im Singular und im Plural.
Die, die das absolute Gehör haben, werden vielleicht
Etwas eher davon erfahren als wir anderen
Sterblichen.
Aber wir alle werden das Ungewöhnliche noch erleben:
Wir werden das, was wir haben, nicht mehr haben,
Sondern das haben, was wir immer schon eigentlich
Haben sollten.
Nicht, daß wir schon auf dem Mond Fußball spielen
Können oder auf dem Mars Folklore-Lieder singen.
Das kommt erst später.
Nein, ganz andere Dinge werden eintreten:
Die Menschen – Sie gestatten – werden sich ändern.
Der Himmel wird sich lichten und es wird ein Schimmer
Paradiesischen Glücks allenthalben zu sehn sein.
Schon morgen werden Sie feststellen, wenn Sie aufstehn,
Daß alles ganz anders ist:
Es wird keine Unruhe mehr geben, kein Wettlauf mit
Den Nachbarn, mit den Berufskollegen, es wird nicht mehr
Ums Prestige gehn, man braucht seine Meinung nicht mehr
Zu verstecken, man kann freundlich und friedlich über
Alles, dieses und jenes sprechen.
Kein Kampf mehr bis aufs Messer.
Alles ist selbstverständlich.
Denn da wird plötzlich ein einziger Dialog sein, den
Alle mit allen führen und unsere kalte, unpersönliche
Welt wird sich erwärmen.

Fremde gebären nicht mehr Fremde und alle Türen werden
Nicht nur weit aufstehn, man wird sie einfach aus den
Angeln nehmen, weil sich niemand mehr verschließen,
Abschließen will, weil man erkannt hat, daß
Neger auch Menschen sind, bis ins kleinste Dorf.
Jeder erkennt das plötzlich, schüttelt den Kopf,
Daß er bislang so blind war, daß er jetzt nicht mehr
Um sich zu schlagen braucht in blinder Wut.

Nichts mehr ist angestaut. Die Vorfahren sind tot.
Keiner plappert mehr nach, was an Biertischen vorge-
Stammelt wurde. Keiner sieht sich mehr in der Rolle
Des Allzugerechten und schlägt auf wehrlose Menschen
Ein, die er gar nicht kennt, von denen er nur gehört hat,
Sondern man läßt alle in ruhiger Freundlichkeit
Gewähren, in Freiheit von leichter Hand, in Frieden
Von menschlicher Einsicht.

Es werden auch die Soldaten langsam nicht mehr durch
Die Stadt marschieren, sie werden langsam nach Hause
Gehn und Apfelbäume –
Wenn ich ein Dichter wäre, müßtens Apfelbäume sein –
Und Apfelbäume pflanzen. In Peking werden die Soldaten
Mit ihren Bajonetten kleine Holzvögelchen schnitzen
Und überall werden die Soldaten voller Freude wieder
Ein richtiges Handwerk erlernen und mit den Kindern
Sonntags auf den Hügeln sitzen und Pflanzen beschreiben.
Die großen Raketen werden zwar zunächst noch in den
Museen zu sehn sein, aber dann wird man bald darüber lachen,
Und der große amerikanische Präsident wird am lautesten
Darüber lachen.

Die ganze Welt wird lachen
Und wie das so ist, zuerst werden alle Menschen etwas
Verlegen grinsen, dann werden sie lächeln, dann lachen
Und schließlich so losprusten, daß die, die noch
Vor kurzem sehr geweint hatten, schon ein bißchen mit-
Lächeln. Man wird sich auf die Schulter schlagen und
Sagen: Mensch, –

Denn ein anderes Wort wird ihnen zunächst nicht einfallen –
Mensch! werden sie alle sagen, und denken werden sie
Alle, wie konnten wir nur so lange so dumm sein, wo wir
Doch immer dachten, wir wären so klug.
Und es wird tatsächlich ein Schimmer paradiesischen

Glücks allenthalben zu sehn sein. In dieser Zeit,
Die ganz kurz vor uns liegt.
Und wenn wir dann sehen, wie die Marxisten nicht mehr
Marxisten und die Kapitalisten nicht mehr Kapitalisten
Und die Faschisten nicht mehr Faschisten und die Kommu-
Nisten nicht mehr Kommunisten und die Nationalisten nicht
Mehr Nationalisten und die Rassisten nicht mehr Rassisten
Und die Stalinisten nicht mehr Stalinisten sein wollen, –
Dann werden wir sehn, wie eine zufriedene Menschheit
Durch Täler und Schluchten, über Gebirge und auf wilden
Flüssen sich auf den Weg macht, um sich Gutentag zu
Sagen und zu fragen: Wie geht es Ihnen?
Und wen wunderts dann, wenn dann Chinesen in Bonner
Cafés sitzen und Deutsche auf dem roten Platz in Moskau
Luftballons steigen lassen, wen wunderts dann, wenn
Orthodoxe mit Atheisten sich übers Wetter unterhalten
Und Farbige in europäischen Krankenhäusern operieren
Und Juden und Kleinbürger, Hindus und Christen an einem
Schönen runden Tisch im Freien sitzen und sich alte
Witze erzählen. Wen wunderts dann?

Und dann kommen auch noch die Amerikaner und singen
Eins ihrer vielen lustigen Lieder. Und der Refrain eines
Liedes könnte vielleicht heißen: wenn wir ehrlich sind,
Alter Bursche, müssen wir doch zugeben, daß wir alle
Gleich sind, das bißchen Fleisch und Knochen, das ist
Doch nichts Besonderes, darum laß uns daran denken,
Alter Bursche, daß von uns das Gleiche übrigbleibt. –
Und so wird es durch die ganze Welt gehen:
Keiner fragt mehr nach Konfession oder Hautfarbe, nach
Weltanschauung und Parteibuch, nach Bankkonto und
Gesellschaftlicher Position. Aller ideologischer Ballast wird
Über Bord geworfen. Hochmut und Intoleranz kommen
Tatsächlich vor dem Fall. Besserwisser und Sklavenhalter,
Und die Fiedler auf den Straßen
Der Mensch kommt zur Ruhe. Die Zukunft leuchtet! – Tja –.

Aber da sehe ich etwas, was ich noch nicht genau erkennen Kann. Irgendwo, vielleicht hier ganz in der Nähe, wird ein Mann auf seinen Nebenmann losgehn. Er wird seinem Nebenmann ein wunderbares Stilett quer durch den Hals Stoßen. Er wird dabei sagen: Du radikal kommunistischer Kapital-Christ! Oder sowas ähnliches wird er jedenfalls Sagen. Er zieht schon sein Stilett aus dem Hals seines Sterbenden Nebenmannes und geht durch die gelähmte Menschenmenge. Er sucht sich schon sein nächstes Opfer.

Mehr kann ich im Moment nicht erkennen.

1967

Halte Deinen Kopf wenn Du um die
Ecke gehst ein Versicherungsagent nagt
an Deiner
Unterlippe zähl an Deinen Fingern eine
Eintrittskarte Brandenburgisches Konzert
der
berühmte Drahtseilkünstler liegt im
Safe Die halbe Welt kennt Dich und
Monalisa steige
ein um die
Ecke hast Du Deinen Kopf in Scherben
Tante
Friedericke sagte Nachtasyl Fergusons
Trompete ist in einer willenlosen Wolke
immer
noch zu hören halte Deinen Kopf halte
ihn halte ihn im Laufschritt eine Treppe
nimm
die Treppe in die Hand Deine Hand
braucht
viel Reklame daß die Polizisten Lilly
suchen Lilly ist ein Hund ist schon
Ruhm genug in der Straße mit den vielen
Nachtlokalen eine Weite
Reise senkrechtes Sevilla anders
war es in der Schule und im Leben war
es Mach Dein
Televisionstestament wenn
die Kellner Autogramme sammeln
schweißgebadet in dem
Walzer wenn der Nachbar die Kaninchen
füttert lerne Deinen Text und gehe um
die Ecke Deine
Freundin ist sonst sehr staccato

1952

Wenn am Abend in den Gärten
Sich die Toten ein Stelldichein geben
Fangen alle alten Dinge
An zu sprechen und wieder zu leben

Und ich sehe die Verwandten
Mal in schwarz und mal in bunt
Und sie reiben sich die Finger
An den Fensterscheiben wund

Und sie fragen ohne Ende
Fragen nach dem Enkelkind
Ob es seine Ruhe fände
Oder ob es wie Peer Gynt

Durch die Wälder durch die Wüsten
Mit zerbrochenem Herzen zöge
Oder ob es wie ein Vogel
Übers Eismeer zum Niemandsland flöge

Oder ob es mit den Spielern
In den Kneipen die Zukunft verspiele
Ob es immer noch so schmal sei
Was es denke empfinde und fühle

He he hejaja lalalalalalala

Und ich sehe meinen Vater
Wie er seine Brille putzt
Und dann seh ich wie er mich sieht
Und ich sehe wie er stutzt

Und ich höre wie er flötet
Eine Wagner-Melodie
Daß das Leben ihn getötet
Sagt er einem Vis-a-vis

Wenn am Abend in den Gärten
Sich die Blumen im Walzertakt wiegen
Sitz ich oft an meinem Fenster
Und versuche mich selbst zu besiegen

Und ich sehe meine Mutter
Mit der Brosche und dem Hut-
Und sie fragt mich wie's mir gehe
Und ich sage: leidlich gut

Und sie dreht sich zu den andren
Die erheben die Blasinstrumente
Und sie singt dazu die Worte
Wie's mir wirklich ergangen sein könnte:

Und dann ging er in die Taiga
Traf sich abends mit Rimbaud
Später kam noch Baudelaire
Und sie brannten lichterloh

Denn sie sprachen von den Städten
Von den Nächten und vom Mai
Und von den verschiednen Betten
Und dann schwiegen alle drei

He he hejaja lalalalalalala

Wenn am Abend in den Gärten
Sich die Wolken zart lila verdichten
Kommen aus den toten Köpfen
Diese krausen und kranken Geschichten

Und die Großen auf den Bergen
Jagten mit Lawinen ihn
Und die Dampfer auf den Meeren
Sahen ihn nach Kairo ziehn

Und die Sphinx in seinem Rücken
Ließ zwar seine Haut schneeweiß
Doch verfolgt von ihren Blicken
Lief zuletzt er nur im Kreis

He he hejaja Lalalalalalala

Wenn am Abend in den Gärten
Sich die Toten ein Stelldichein geben
Fangen alle alten Dinge
An zu sprechen und wieder zu leben

Und die Orgeln in den Kirchen
Spielten alle immer mit
Zwei Schritt vorwärts zwei Schritt rückwärts
Sysiphus auf Schritt und Tritt

Und die Bauern in den Stuben
Schlürfen ihre Teller leer
Und die Mägde auf den Dielen
Zeigten Grübchen und noch mehr

Und die Fiedler auf den Straßen
Spielten sich die Finger lahm
Bis der Tod sich eines Tages
Selber eine Fiedel nahm

Und er lief noch durch die Felder
Sah von weitem schon das Haus
Doch dann brach er tot zusammen
Und sie trugen ihn ins Haus

He he hejaja Lalalalalalala

Und da liegt er schon seit Tagen
Ohne Atem und ohne Licht
Man besichtigt seine Narben
Seine Seele die sieht man noch nicht

Und die Toten in den Gärten
Sie versuchen ihm jetzt zu beschreiben
Daß die Freude und die Trauer
Immer schön in der Schwebe bleiben

Und die Kinder auf der Erde
Singen heut noch dieses Lied
Von dem was war was ist und sein wird
Doch da ist kein Unterschied

Und so ist auch dieses Lied hier
Nur ein Bruchstück von Küste zu Küste
Denn es kann schon morgen wahr sein
Daß ein andrer es singen müßte

He he hejaja Lalalalalalala...

1973

Um 7 Uhr 40 versammeln sich allmorgendlich in deutschen Binnenbädern bekennende Kurgäste vor dem Musikpavillon, schleifen zierliche Sessel, verklemmte Gartenstühle und adlige Hocker emsig durch Kiesel- und Parkgeröll, um der Kurkapelle, dem 1. Geiger oder dem Harfner, nahe zu sein. Es setzen sich Männer und Frauen und harren, Blick geradewegs auf die Nußschale, in der noch der Gärtner Lorbeerbäume architektonisch verteilt, auch der Hausmeister klempnert noch an den Mikrofonen, weiß man doch, daß um 7 Uhr 45 punktum der Kurkapellmeister im lockigen Haar – schöner Rücken kann auch entzücken – sein Zepter erhebt, um seine 11, oder sind's 12, jedenfalls, um seine musikantischen Söldner auf Zick-Zack zu bringen, d. h. zumeist wird gestrichen. Tödlicher Ernst liegt über dem Garten. Morgenstund hat hier etwas andres im Mund, 's ist ein Choral, geblasen vom Blatte, jedem Schnürschuh das Seine. Mancher sitzt hier schon in der dritten Generation, manchmal kommt Vogelgezwitscher dazwischen oder strömender Regen. Dann wird der Choral in der Trinkkuranlage fortgesetzt.

1962

Neulich war ich doch in ein Mehrzweckkulturzentrum geraten. Ach, ist das eine Freude, wenn einem aus so vielen Räumen Mutter Kultur auf verschiedenste Art entgegenlacht. Glauben Sie mir, liebe Leser, man lacht gleich mit.

Kommt man schon in die Vorhalle, in der Junggraphiker meist eine erste Chance erhalten, sieht man gleich mehrere junge Herren auf und ab gehen. Kultur auf den Lippen, Kultur in den Augen.

Ob so viel Aufgeschlossenheit fragte ich sehr schüchtern: »Können Sie mir vielleicht bitte sagen, wo heute abend hier das gewandelte Weltbild stattfindet, mit Lichtbildern, mit Dr. Strothe-Herrmann?«

Sogleich erfuhr ich es: »Das ist in unserem ganz neuen Raum 8. Da gehen Sie in den ersten Stock, immer geradeaus, und dann laufen Sie direkt drauf zu. Aber wollen Sie nicht lieber in den Marionettenabend, oder im Raum 3, da gibt es Gymnastik bei den alten Griechen, und gleichzeitig im Raum 13 das Parlament und seine Aufgaben. Im Raum 4 probiert unsere Theatergruppe einen eigenen Einakter, und im Raum 7 ist für die Kleinen ein Mal- und Knetkurs angesetzt. Und nicht zu vergessen, im Raum 22 Teigwarengerichte für Anfänger und im Raum 15 Dostojewski für Fortgeschrittene.« »Nein, vielen Dank«, sagte ich, »ich möchte ins gewandelte Weltbild, mit Lichtbildern, mit Dr. Strothe-Herrmann!«

»Tja, wenn Sie unbedingt dahin wollen, aber wir machen Sie darauf aufmerksam, daß über dem gewandelten Weltbild ein Jungblasorchester probiert und daß unter dem gewandelten Weltbild der Tischtennissaal liegt, der abends immer sehr frequentiert wird, so daß Sie vielleicht vom gewandelten Weltbild nur die Hälfte verstehen.«

»Das macht nichts«, sagte ich, »im Gegenteil, so höre ich von jedem etwas, und man soll sich ja schließlich für alles interessieren, zum Teufel mit dem Spezialistentum!«

Ich ging also ins gewandelte Weltbild und erfuhr dort, daß die Blaskapelle Variationen über den »Jäger aus Kurpfalz« einstudierte und daß Tischtennis zwar ein feines, aber auch ein lautes Spiel sein kann.

Als Dr. Strothe-Herrmann zum Schluß sagte: »...so leben wir also in einer Welt, die sich gewandelt hat«, packte über mir die Blaskapelle lautstark ihre Instrumente ein, und unter mir wurde der Tischtennissieg der A-Mannschaft stürmisch gefeiert.

Nach dem gewandelten Weltbild knipste der Hausmeister das Licht aus und sagte: »Gott sei Dank, daß heute mal früher Schluß ist, da kann ich im Fernsehraum noch das Fußballspiel sehen.«

Als ich mich langsam wieder durch die Vorhalle hinausschlich, hörte ich gerade noch, wie einer der immer noch auf und ab gehenden jungen Kulturkaufleute sagte: »Kabarett müßten wir dann auch mal hierhin holen.«

1967

Daß einiges vieles und die meisten weniger oder
wenig haben
Kann man damit erklären
Daß einige bedeutend und die meisten unbedeutend sind

Daß einige fast alles und die restlichen fast
gar nichts haben
Kann man damit erklären
Daß einige klug und die restlichen dumm sind

Daß einige mächtig und die anderen ohnmächtig sind
Kann man damit erklären
Daß einige verschlagen und die anderen die
Geschlagenen sind

Daß einige immer mehr haben wollen und viele immer
weniger haben
Kann man damit erklären
Daß einige über Leichen gehn und viele unter den
Leichen sind

Daß einige über alle regieren und diktieren
Kann man damit erklären
Daß einige Geschichte machen wollen und mit
allen anderen
Geschichte gemacht wird

Zwar heißt es
Vor Gott sind alle Menschen gleich
Und human das möchte jeder gerne sein –
Aber welcher Bedeutende will sich schon mit einem
Unbedeutenden
Welcher Kluge will sich schon mit einem Dummen
Welcher Verschlagene will sich schon mit einem
Geschlagenen
Auf eine Stufe stellen
Wer will das schon?

Die Erde gehört uns allen
So wie der Sand den man am Grabe
freundlich uns nachwirft
Allen gehört
Aber im Leben gehören
Die Armen den Reichen
Die Dummen den Klugen
Die Geschlagenen den Verschlagenen
Die Gläubigen der Kirche
Die Schwarzen den Weißen
Die Naiven den Raffinierten
Die Schweigenden den Schwätzern
Die Friedfertigen den Streitsüchtigen

Die Erde aber könnte uns allen gehören
Wenn dein Haus auch mein Haus
Mein Geld auch dein Geld
Dein Recht auch mein Recht
Mein Los auch dein Los
Dein Kleid auch mein Kleid
Mein Glück auch dein Glück
Dein Leid auch mein Leid
Wäre.
Teile und herrsche nicht!
Aber wer kann das schon?

1965

Jede Nacht um 2 Uhr aufstehn
Und um halb 3 in den Bus
Der schon voll mit Arbeiterkollegen
Die sich wie die Kinder noch im Schlaf bewegen
Weil die Nacht sehr kurz sein muß.

Und der Bus der rumpelt durchs Gelände
Von Marienbaum zur Hütte nach Rheinhausen
Flaches Land und nirgendwo vier Wände
Wiesen nehmen hier kein Ende
Graues Licht kennt keine Pausen.

Halb 6 dann an Ort und Stelle
Denn um 6 beginnt die Schicht
Hacke Schaufel Schotter neue Schwelle
Noch ein Schlag für alle Fälle
Denn sonst hält die Schiene nicht.

Ausgekoffert raus den Schotter
einszweidrei und einszweidrei
bißchen schneller bißchen flotter
Raus die Schwelle rein den Schotter
Nächste Strecke Schiene frei.

Raus den Schotter rein die Schwelle
Bücken schaufeln hacken kontrollieren
Noch einmal dieselbe Stelle
Rottenarbeiter sind schnelle
Bis sie ihren Rücken spüren.

Und um 2 Uhr ist die Schicht zu Ende
Dann um halb 3 wieder in den Bus
Müde Augen aufgerissne Hände
Und 3 Stunden nochmals durchs Gelände
Kartenspiel und Fußballstuß.

Dann ein bißchen noch im Garten kramen
Und den Kindern Gute Nacht gesagt
Lebenslänglich Ja und Amen
Ohne Glanz und ohne Namen
Keiner der nach seinen Träumen fragt.

Jede Nacht um 2 Uhr aufstehn
Und um halb 3 in den Bus
Der schon voll mit Arbeiterkollegen
Sie sich wie die Kinder noch im Schlaf bewegen
Weil die Nacht sehr kurz sein muß.

Da ist nichts mit Goethe und mit Schiller
Feinem Geist ästhetischem Konfekt
Keiner übt hier Tonleitern und Triller
Niemand kennt hier Dürrenmatt und Miller
Wenn man mal in dieser Mühle steckt.

Halb sechs dann an Ort und Stelle
Denn um 6 beginnt die Schicht
Hacke Schaufel Schotter neue Schwelle
Noch ein Schlag für alle Fälle
Denn sonst hält die Schiene nicht.

Das ist mir im Kopf geblieben
Und aus dem Erinnerungsmüll
habe ich's jetzt aufgeschrieben
Weil und das ist gar nicht übertrieben
Weil ich's nicht vergessen will.

Damals als ich nur für 90 Tage
So als Werkstudent bei Krupp und Thyssen
Sah ich viele Menschen die in dieser Lage
Dort für immer und für alle Tage
Dieses monotone Leben leben müssen.

Und um 2 Uhr ist die Schicht zu Ende
Dann um halb 3 wieder in den Bus
Müde Augen aufgerissne Hände
Und 3 Stunden nochmals durchs Gelände
Kartenspiel und Fußballstuß.

Dann ein bißchen noch am Fernsehkasten
Rumgedreht und wieder ausgemacht
Mit der Frau noch schnell besprochen
Was die Kinder so am Tag verbrochen
Und schon ist sie wieder rum die Nacht.

Jede Nacht um 2 Uhr aufstehn
Dann um halb 3 in den Bus
Der schon voll mit Arbeiterkollegen
Die sich wie die Kinder noch im Schlaf bewegen
Weil die Nacht sehr kurz sein muß.

Zugegeben diese vielen Zeilen
Sind kein polyphones Kunstgedicht
Doch die so an uns vorübereilen
Aufgebracht zermürbt und kaum zu heilen

Guckt doch diesen Menschen einmal richtig ins Gesicht
Guckt doch diesen Menschen einmal richtig ins Gesicht.

Mehr will dieses Liedchen nicht
Mehr will dieses Liedchen nicht.

1968

Den Kommentar spricht nun vom NDR Hans Heinz Hausenklamm:
Wenn die Bäume, meine Damen und Herren, in den Himmel wachsen sollen,
so muß man auch für die nötigen Hunde sorgen.
Dieses chinesische Sprichwort kommt, wie wir meinen, allerdings nicht von ungefähr.
Dennoch, wenn es auch nicht schlimm ist, so ist es doch schlimm genug.
Paris wird sich in Rom, und umgekehrt Bonn wird sich in Paris solange nicht an einen Tisch setzen, wie auch immer und wann auch immer man sich in Genf darüber unterhält.
So weit, so gut.
Denn, wenn in Tokio eine Tür zugeschlagen wird, so dürfen wir Europäer nicht erwarten, daß in Washington dafür ein Fenster aufgeht und umgekehrt. Gleichviel:
Moskau hat nun die Wahl, wenn wir nicht in Algier eines anderen belehrt werden, oder gar eines weiteren.
Das würde allerdings bedeuten, daß Europa von der heutigen Hand in den morgigen Mund leben muß, falls die Japaner nicht doch noch den Chinesen beim Bohren helfen.
Und das wäre doppelt schade.
Guten Abend!

1972

Wenn ich mir jetzt, meine lieben Zuhörer, eine Brille aufsetze – und sie mir freundlichst erlauben in Ihre Stube hinein, zu Ihnen zu sprechen, in Ihren eigenen Bereich hineinzuschauen, so hat das mit der Brille ja heute eine eigene Bewandtnis.

Vor einigen Tagen sah ich, wie ein netter junger Mann nach Anbruch der Dunkelheit sich eine alles noch mehr verdunkelnde Sonnenbrille aufsetzte. – Ein andermal hörte ich, wie jemand zu seinem Nachbarn sagte: Eine rosarote Brille und alles sieht gleich ganz anders aus. Da habe ich mich gefragt: Was sieht denn gleich ganz anders aus?

Und wie oft hört man heute, ich habe nicht den richtigen Überblick, ich sehe da nicht mehr klar, ich schaue da nicht mehr hindurch. – Sollten da vielleicht zuviel Sonnenbrillen und zuviel rosarote Brillen mit im Spiel gewesen sein.

Wer immer nur Buttercremetorte ißt, weiß eines Tages gar nicht mehr wie Buttercremetorte schmeckt. Und wer sich eine Sonnenbrille oder eine rosarote Brille aufsetzt, der muß nicht meinen, daß Gott nicht unseren wahren Alltag sieht. ER ist unser Optiker. ER braucht keinen Kneifer und keinen Aussichtsturm. ER ist WEITsichtig und KURZsichtig zugleich. Er sieht uns an und durch uns hindurch. Durch und durch. Für und für. –

Lassen Sie mich schließen mit einem Wort, das uns die Augen öffnen helfen will, mit einem Wort des böhmischen Wanderpredigers Heinrich Ignaz Mützenbecher, der da sagt: »Möge, der Du sein werdest, dann siehst Du, was Du sein dürftest!«

Guten Abend.

1963

(Kurzer Aufschrei)

Bitte erschrecken Sie nicht!
Sie hörten soeben den Anfang des fesselnden Kriminalromans »Der Mann mit der geklauten Klaue« von Kitsch Kitschener. Es ist unmöglich von Kitsch Kitschener nicht gefesselt zu sein!

Fortsetzung folgt:

Hands up!
Wer zählt die Leichen im Opium-Club
Hands up!
Da machen alle Messer klip klap klip klap klip klap
Hands up!
Und die Revolver machen blap blap blap blap
Hands up!
Und von den Wänden tropft das Blut trip trap

Und die Themse die Themse die ist schon ganz rot
Sowas Grausiges tut ja auch furchtbar not
Denn willst Du nicht mein Bruder sein
So schlag ich Dir den Schädel ein. Au fein!

Hands up!
Wer zählt die Leichen im Opium-Club
Hands up!
Da machen alle Messer klip klap klip klap...

In eben jener feuchten Novembernacht
Kriminalromane spielen immer in feuchten Novembernächten
gaben sich der junge aber doch strebsame
Amateurdetektiv Frank Parker
und die platinblonde Ballettkatze Evelyn Milwaukee
ein Stelldichein.
Huch! Eine Eule, zwitscherte erschreckt Evelyn.

Wo Eulen sind, da ist auch Liebe, erwiderte Frank trocken
Wie mutig du bist!, darlingte Evelyn
Unsinn!, straffte sich da Frank Parker, – ein Mann
der kein Mann ist – ist kein Mann!

In eben diesem Augenblick fühlte Frank etwas Kaltes
zwischen den Schulterblättern, biß auf die Zähne und
meinte lächelnd: Sweetheart, mich deucht,
man will mich erstechen
(Schrei...)

Hands up!
Wer zählt die Leichen im Opium-Club
Hands up!
Da machen alle Messer klip klap klip klap klip klap
Hands up!
Und die Revolver machen blap blap blap blap
Hands up!
Und von den Wänden tropft das Blut trip trap

Und Inspector Higgins von Scotland Yard
trägt schon seit neun Monaten einen falschen Bart
und nun hat man ihn sogar selbst in Verdacht
Daß er den, man weiß noch nicht wen, hat umgebracht

Wer zählt die Leichen, die Skelette
Ganz London zittert um die Wette
Doch alles hängt noch furchtbar in der Schwebe
Wir beben, er bebt, du bebst, ich bebe

Denn:
Hands up!
Wer zählt die Leichen im Opium-Club
Hands up!
Da machen alle Messer klip klap klip klap... KLIP KLAP!!!

1949

Ich gehe manchmal in einen Kreis
wo jeder alles besser weiß
ich rühre in meinem Tee
und sage: ok, Freunde, ok.

Ich gehe auch manchmal in eine Gruppe
eine sich höchst emanzipierende Truppe
da trink ich ein Bier
und sage: schön bei euch hier, schön bei euch hier.

Ich geh auch schon mal auf einen Kongreß
so mit Themen wie Zeitangst, Infarkt und Streß
wo ich nach jedem Referat aufsteh und sag:
welch ein herrlicher Tag, welch ein herrlicher Tag.

Ich sehe auch manchmal Herren aus Bonn
aber ich laufe nicht gleich davon
sondern geh auf sie zu, um ihre Hand zu brechen
und sage: ich bin nicht zu sprechen, ich bin nicht zu
sprechen.

Ich geh auch manchmal in ein Konzert
mit Werken von Kaufmann und Engelbert
und sag der Garderobenfrau nach Ablauf der Zeit:
es hat mich außerordentlich gefreut, es hat mich
außerordentlich gefreut.

Ich geh auch manchmal in ein Nachlokal
und motivier das mit dem Brechtschen Baal
denn morgens so gegen vier – steh ich völlig neben mir,
steh ich völlig neben mir.

Ich geh auch manchmal in einen Tumult
da gibt jeder jedem die Schuld
ich sage: Kinder Kinder – mehr sag ich nicht
denn ich habe schon eine Faust im Gesicht.

Ich steh auch schon mal an meiner Mutter Grab
die ich vor Jahren begraben hab
und sage: du bist schon da und ich bin noch hier –
ich bin gar nicht zufrieden mit mir.

Ich steig von Zeit zu Zeit in einen Zug
und sage nach fünf Stunden: jetzt ist's genug
bleib aber weitere acht Stunden sitzen
und sehe zehntausend Kühe und zehntausend Kirch-
turmspitzen.

1977

Erwache ich morgens in Brummers Parkhotel oder im Hause »Astrid« oder in preiswerter Vollpension, genannt »Schneeweißchen und Rosenrot«, Besitzer sind die Geschwister Schmitt, bin ich bestrebt zu erforschen, wer oder was hat dem Binnenbader den Floh ins Ohr gesetzt, hier binnen zu baden?
Frage: Ist er ein Leibeigener? Wohl kaum. Gibt er doch seinen Körper im Dampfbad ab. Auch dem Masseur kann er kaum entrinnen. Wassertreten, nun ja, aber auch kein Freiheitssymbol. Ansichts- oder Aufsichtssache?
Wir bitten, Blumen und Pflanzen nicht mit Thermalwasser zu begießen, da der Pflanzenwuchs dadurch beeinträchtigt wird.

1962

Es gibt ja Leute, die kennt man, und kennt man, und kennt man, und... kennt sie doch nicht, das ist ganz schlimm, vielleicht kennen Sie das aber auch, diese peinlichen Situationen hat ja jeder von uns schon mal mitgemacht, durchgemacht, durchgestanden: Also, ich stehe auf einem Bahnsteig, plötzlich werde ich von einem Herrn begrüßt, der sagt:
»Guten Tag, wie geht's, auch mal wieder unterwegs, was macht die Arbeit?«
»Ooch,«, sage ich, »es läppert sich so.«
In Wirklichkeit denke ich, Mensch, wer ist das bloß, wo stecke ich den Mann hin, keine Ahnung.
Und der andere plappert munter drauflos, er müsse jetzt zu einer Besprechung nach Düsseldorf, den Kindern ginge es gut, der Frau Gemahlin dito, man ist zwar etwas dicker geworden, aber was soll's.
Menschenskind, denke ich, wer ist das bloß? Man will sich ja schließlich nicht blamieren und unhöflich sein.
Ist das vielleicht der Dr. Armbruster, den ich mal vor sieben Jahren auf dieser, na, auf dieser Bundesjugendplangeschichte getroffen habe? Ich frage darob gaaaanz vorsichtig:
»Ach ja, wissen Sie noch, damals in Regensburg, das waren noch Zeiten?!«
Keine Reaktion.

So was ist entsetzlich, kann ich Ihnen sagen. Dann sagt der Mann: »Ich bin jetzt damit beschäftigt, der ganzen Sache mehr Kontinuität zu geben.«
Also, das sind Sätze, mit denen ich überhaupt nichts anfangen, geschweige denn den Mann ausmachen kann.
Und da fällt mir plötzlich ein, richtig, klar, das ist ja der Hans Peter Schmalenbach, mit dem ich mal bei einem Ernährungsmittelkongreß zu tun hatte. Aber sofort kommen mir wieder Zweifel, zum Donnerwetter! Denn der andere sagt:

»Ich komme jetzt gerade aus Freiburg, wir haben da so eine Art Zweigstelle.«
»Jaja«, sage ich, »jaja«, sage ich immer wieder, als wäre ich genauestens informiert, »jaja, das ist ja auch sehr wichtig«, sage ich, ich weiß gar nicht mehr was ich sagen soll, »öh wichtig und sicher sehr schön für Sie, dieses ganze, bei mir ja auch, dieses ganze...«
Und der andere sagt: »Sehen Sie, als wir uns damals trafen, da hatten Sie gerade...« »Jaja«, sage ich, »das hab ich manchmal...«

Mensch, wo soll das nur gewesen sein. Im Geiste gehe ich blitzschnell alle Möglichkeiten durch, Hamburg, Köln, Bern, Heidelberg, St. Gallen, Saarbrücken, Basel, Bremen, Mainz: nichts.
»Das war doch sehr nett«, redet er schon weiter, »damals in dem kleinen Nest, wie hieß es doch gleich?«
»Ja, verflixt« sage ich, »wie hieß es doch gleich, wie hieß es doch nur, da war doch noch, nein, das war da wohl weniger...«
Furchtbar, und man hat dann doch immer Angst, daß man sich verplappert, so daß der andere merkt, daß man ihn nicht erkannt hat, oh, ist das peinlich.
Naja, und dann sagt man: »Wiedersehen, gesund bleiben, Gruß zu Hause und alles Gute«, und weg ist er.
Und tagelang überlegt man dann, wer das wohl gewesen sein könnte. Was sage ich, tagelang, manchmal dauert's jahrelang, bis man weiß, wen man kennt und wen man wirklich kennt.

1973

Subjektiver Bericht von der Vernichtung eines Alleinunterhalters während eines Sommerfestes unter Akademikern in einer Kleinstadt des Westens

Ich will Ihnen was sagen,
Ich bin's ja selbst in Schuld,
Ich finde die Leute immer so nett,
Am Telefon.
Ich kann so schlecht nein sagen,
Machen Sie doch eine Tombola, sag ich immer,
Machen Sie doch eine Tombola.
Oder holen Sie aus Ihrem eigenen Kreis
Ein paar begabte Menschen zusammen,
Trommeln Sie sich eine Laienspielschar zuhauf,
Und machen Sie ein paar lokale Witze, blankerdings,
Über den Bürgermeister und den Schulrat
Oder über die schlechte Kanalisation.
Und lassen Sie eine Damenrede halten, hinterrücks,
Und zu Anfang natürlich eine Polonaise
Durch alle Restaurationsräume.
Holen Sie sich eine gute Band, die alles quer durch den Garten spielt,
Oder lassen Sie alles und zahlen das ganze Geld für Anneliese Rothenberger.
Ob die kommt?
Weiß ich doch nicht, dann machen Sie eben nur eine Tombola.
Ich weiß ja, daß Sie was mit Niveau haben wollen,
Stuhlreihen haben Sie keine, schon schlecht,
Freies Essen und Getränke, wie darf ich das verstehen?
Akademiker, angehende, da versteht es sich von selbst.
Nein, ich bin in Ihrer Stadt noch nie gewesen,
Wo liegt das, muß ich umsteigen?

Gleichzeitig Abschlußfest, aha, mit Angehörigen,
Beamtenstadt, oje, aber doch aufgeschlossen, an
Tischen,
Und sie meinen also, daß ich mit meinen Sachen,
In den Tanzpausen, in den Tanzpausen?
In den Tanzpausen!

Ich bin's ja selbst in Schuld,
Ich finde die Leute immer so nett,
Am Telefon.

Und steige ich dann aus dem Zug,
Krieg ich meist das große Frieren.
Da steht ein junger Mann, nett, und hält mich wohl für
Otto Höpfner.
Der Saal ist dann dementsprechend:
Hufeisenform. Das ist für mich ein Brandzeichen.
Hufeisenform, wissen Sie, was das bedeutet:
Die Tische sind in Form eines Hufeisens aufgestellt,
In der Mitte nichts, gähnende Leere, sprich Tanzfläche.

Na, dachte ich mir, das sind ja alles, das sind doch
sicher,
Sagen wir mal, das sollten eigentlich doch alles
Leute sein,
Die doch wenigstens vom Grips her, eigentlich schon
manches
Auf dem Kasten, sollten das doch alles sein, wenn
auch an
Tischen, sollten die meisten doch wohl gewisse Dinge,
die
Man ja voraussetzt, wenn man in einem solchen Kreis,
der
Sich ja nicht von ungefähr, so daß man doch bei aller
Stimmung, und wenn die Mikrofone funktionieren,
daß man
Dann, nicht wahr, auch dazu beiträgt.

Ich packe also meinen Notenständer aus, da erhalte ich
Schon frohe Botschaft.
Der junge, nette Mann kommt auf mich zu und sagt:
Sie müßten dann bitte noch ansagen:
Eine Mädchengruppe mit einer Letkiss-Formation
Eine Mädchengruppe mit einer Swing-Formation
Eine Mädchengruppe mit einer Slop-Formation
Und eine gemischte Mädchen- und Jungengruppe
Mit einer Rumba-Formation,
Alles einstudiert von Fräulein Beckmann,
Die aber nicht genannt werden möchte.

Warum denn nicht, sage ich.
Ach nein, sagt Fräulein Beckmann, bitte nicht.
Aber Fräulein Beckmann, sage ich, das ist doch
dummes Zeug.
Ich mache das doch nur so nebenbei, bitte nicht.
Aber dann doch erst recht, sage ich, wenn Sie alles nebenbei
Machen, das ist doch dummes Zeug, Fräulein Beckmann.
Ich habe es zwar einstudiert, aber ich möchte doch lieber im
Hintergrund bleiben, sagt Fräulein Beckmann.
Auf der Bühne fummelt eine Beat-Band an ihren
Verstärkern herum.
Von den Musikern erfahre ich, daß auch noch das
deutsche Amateurmeisterpaar in den Lateinamerikanischen
Tänzen auftritt.
Man hätte doch eine Tombola machen sollen.
Aber, wie gesagt, ich bin's ja selbst in Schuld.
Ich könnte jetzt zu Hause sitzen, es ist Samstag,
Aber ich sitze nicht zu Hause.
Der große Saal füllt sich nun langsam mit geladenen
Gästen.
Und dann tut der nette junge Mann kund und zu wissen:

Und nun!
Viel Spaß!!
Mit Hanns Günter Hüsch!!! –:

Meine sehr verehrten Damen und Herrn,
Ich freue mich, daß auch ich heute hier in Ihrem Kreise
LAUTER!!
Öh, also mit meinen selbstgewirkten Werken,
Aber leider ist ja bei Ihnen von Aufmerksamkeit nicht viel
Zu merken, Sie haben's ja auch nicht nötig, denn
Sie sind ja
Ganz von selbst gebildet, und wenn Sie nicht zuhören wollen
Oder können,
Aber rennen Sie mir doch bitte nicht dauernd über die
Tanzfläche,
Ich habe ja gerade erst angefangen,
Vielleicht, daß Ihnen die nächste Nummer besser
gefällt –
Aber –
Was sich da unten abspielte, war eben eine ganz
andere Welt.
Die Leute wollten unter sich sein.
Das sah ich dann auch ein
Und gab die Bühne frei für die Kapelle,
Und dann ging's los,
Ist ja auch schön, soll ja auch sein,
Wozu hat man denn ein rechtes und ein linkes Bein:

…hören Sie mal, Sie können wohl $3/4$-Takt von $6/8$-Takt
Nicht unterscheiden.
Das geht Sie gar nichts an, Sie Sonntagstänzer, Sie!
Sie haben mich einen Sonntagstänzer geheißen, das wird
Sie teuer zu stehn kommen.
Mein Herr, mit Ihnen rede ich nicht mehr.

Wir sprechen uns noch, Lümmel!
Lackaffe!
Haben gnädige Frau den Mond von Soho schon gesehn?
Gestern konnte man Herrn Kammersänger Prey
wieder einmal mit Schubert umgehen hören.
Flegel!
Strauchdieb!
Schöner Scherz das, ausgerechnet mit Ihnen an
einem Tisch
Sitzen zu müssen.
Sie können sich ja unter den Tisch setzen.
Das könnte Ihnen so passen, mich hat noch niemand
volltrunken
Gesehn, nicht mal meine Frau.
Dann wird's aber Zeit, Exzellenz.
Marketendersitten! Marketendersitten!
Oh, schönes Fräulein, man hat zur Tombola aufgerufen.
Vielleicht ist ein Frosch in mir versteckt, und wenn
Sie mich
Gegen die Wand werfen, kömmt gar ein Königssohn
dabei heraus,
Hahahaha.
Und sollten wir die große Auswahl haben, so kommet
Euch das
All zugut, denn ich bin nur ein armer Wandergesell'.
Was gewonnen?
Einen Kamm. Und Sie?
Eine Rolle Drops.
Was ist nun das wieder für eine Musik? Überhaupt die
alten
Tänze werden einfach totgeschwiegen.
Keinen Walzer habe ich früher ausgelassen. Nun gibt's
doch nur
Noch dieses amerikanische Zeug. Und dieses
Gehopse. Schrecklich!
Singen kann ja heute auch kein Mensch mehr.
Es will ja keiner mehr was lernen, Mutter.

Es will ja keiner mehr was lernen.
Ganz allerliebst, Ihr Fräulein Tochter, Sie tanzt ja wie eine
Elfe im Unterholz.
Das hat sie von ihrer Frau Mama. Sie leitet den
Entwicklungsdienst in Uganda.
Jetzt warte ich schon geschlagene fünfviertel Stunde
auf mein
Würstchen mit Kartoffelsalat.
Nein, ich habe diesen Wein nicht bestellt, ich habe
Nr.12
Bestellt, wie bitte, ach Sie haben's wohl hier nicht
nötig,
Aber es kommen auch noch mal andere Zeiten, es
kommen auch
Noch mal,
Sehr richtig, wenn ich das gewußt hätte, man kann ja
schließlich
Nicht dauernd Konfetti essen,
Verlassen Sie sich drauf, es kommen auch noch mal
andere Zeiten.

Sehn Sie, und da habe ich zu Herrn Dr. Klinker-Emden vor
Zwei Jahren gesagt, seine Frau hätte meiner Frau
gar nichts
Zu befehlen, vor zwei Jahren. Und seit der Zeit.
Wenn Sie wollen, gnädige Frau, stehle ich von allen
Tischen
Die Salzstangen, und baue uns in einer stillen Ecke ein
Knusper-Knusper-Häuschen.
Kommen Sie rasch in die Küche, da gibt's warmes
Wasser,
Rotwein ist ja nicht totzukriegen
Oder das Kleid gleich in ein Mehlfaß stecken.
Kümmern Sie sich gefälligst um Ihre Dame.
Man wird ja wohl noch kondolieren dürfen.
Ich schlage Ihnen gleich sämtliche Luftballons um die
Ohren.

Hat man, hat man so was schon gesehn, das ist nun
der Dank.
Das geht Sie doch gar nichts an, Sie Asphalt-Gorilla!
Am besten, wir gehen gleich draußen vor die Tür.
Bitte schön, bitte schön, ich hab' sowieso die Nase voll.
Ober zahlen!
Musik!!

...Als ich nach dem Tanz
Dann noch einmal versuchte,
Meine Worte an den Mann und an die Frau zu bringen,
War es schon zu spät.
Und ich merkte dann, wes Geistes Kinder sich
da unten tummelten,
Daß man doch die meisten Leute überschätzt,
Gerade die, wo man tagein, tagaus von Disziplin und
Bildung schwätzt.

Und ich mußte meine Sprüche in den Pausen sagen,
So als wäre niemand da,
Und ich mußte mich dann ständig fragen,
Ist es eigentlich wahr, daß du hier oben hinter einem
Mikrofon,
Und da unten viele Leute mit Niveau und gymnasialer
Tradition,
Und daß niemand zuhört, weil – ich weiß es nicht, warum,
Jedenfalls, ein außerordentlich böses Publikum.

Ich sage das so, vielleicht ist es zu subjektiv,
Aber komisch, es ging alles schief.
Darum meide ich in Zukunft Bälle,
Bälle auch für Intellektuelle.
Mögen Sie gesellschaftlich ereignisreich und exquisit sein,
Doch es muß noch irgendwo ein Unterschied sein.
Doch da ist kein Unterschied.

Wenn die Band dann LA BOSTELLA spielt,
Die Gesellschaft dann am Boden wühlt:
LAAAAAA LA LALLA LALLA LALLAAAAA!
Das ist dann der Höhepunkt des Balles,
Dummheit, Dummheit über alles.
Das ist dann die Glanznummer des Festes,
Und dann geht man schön nach Hause und man läßt es
Einfach als gewesen hinter sich.
Ich bin allerdings in eine zu einer Bar ganz
umgebauten Mühle
Reingefallen, und das mußte sein,
Denn ich seh es ein,
Nein, ich seh es immer noch nicht ein,
Was die sogenannte Qualitätsgesellschaft eigentlich
so rechtens
Ausmacht,
Feine Leute, feine Leute, wirklich, feine Leute.
Nein, da kenn ich ein paar kleine Leute.
Die kapieren auch nicht alles,
Aber keinesfalles
Sind sie so blasiert,
Daß man friert.

Doch,
Ich bins ja selbst in Schuld.
Ich finde die Leute immer so nett.

Am Telefon.

1959

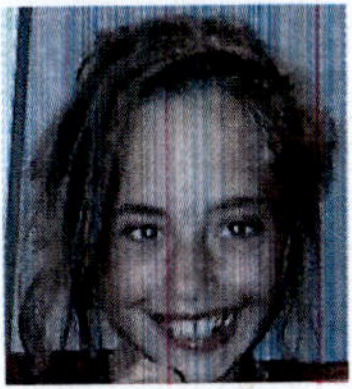

Ihnen herzlich **Danke!** für Ihren Einkauf. Ist nämlich alles für mich*. Falls alles o.k. bitte ich um gute Bewertung. - Unzufrieden? – Auf gehts, sofort Mail an ruediger.willnat@gmail.com, Papa kümmert sich sofort darum.

Für SIE schlicht Alles Gute!

*Joscha (14) ist Asperger Autistin, körperbehindert und sieht nur zweidimensional. Ihre Inselbegabung sind Fremdsprachen, Englisch, Französisch, Spanisch & Latein. Sie hat darin zwei Klassen übersprungen. Ein veraltetes Schulgesetz verhindert, dass sie in diesen Sprachen in die Oberstufe gehen darf. Stattdessen wiederholt sie trotz sehr guter Leistungen 2 Jahre... - Dem Landtag ist die **EXklusion** eine Petition wert, der WDR, die ZEIT berichten darüber. Aber: Ein Mensch, der die Welt wie ein Foto sieht, kann das Volumen einer Vase nicht berechnen. Und ohne Mathe wird Joscha trotz ihrer Inselbegabungen voraussichtlich in einer Behindertenwerkstatt landen: Hören Sie Joschas Artikel in der ZEIT: https://www.youtube.com/watch?v=MKEcPK26ssE

Deutschland ist in Inklusion ein Entwicklungsland.

INklusion statt OUTismus – Unser Ziel: Ein Online-Buchhandel zusammen mit Behinderten

❖ SIE helfen uns zu helfen ❖

★★★★★

Bitte nutzen Sie ihr Verkäufer-Feedback, wenn Sie zufrieden sind.

★★★★★

❖ Wir garantieren ❖

❖ Wir versenden so schnell wie irgend möglich. Meistens erfolgt die Zustellung flott. Bisweilen braucht die Post länger. Darauf haben wir keinen Einfluss. Bitte um Nachsicht: Die Zusteller tun in Anbetracht der Flut an Online-Käufen, was sie können...

❖ Sollten Sie, egal aus welchen Gründen, nicht zufrieden sein mit dem Buch, erhalten Sie undiskutiert Kaufpreis und Versandkosten zurück – und müssen das Buch NICHT zurücksenden.

Karl-Gustav macht polit-gynäkologische Lieder,
Fritz-Ottmar macht emanzipierte-protestantische Lieder,
Heinz-Detlev macht sado-poetische Bekenntnislieder,
Und ich mach dummes Zeug.

Klaus-Kuno macht elisabethanisch-erotische
Aufklärungslieder,
Hans-Axel macht pathologisch-hintergründig utopische
Lieder,
Franz-Günther macht parapsycho-lyrische Horrorlieder,
Und ich mach dummes Zeug.

Jakob und Emmi sind jetzt mit ihren Liedern wieder
engagierter geworden
Und bekommen dafür demnächst den »Erkenn Dich doch
selbst mal«-Orden,
Anita und Josef wurden leider schnulzig und
unverbindlich neutral
Und erhalten in diesem Jahr nicht den goldenen
»Lach über Dich selbst mal«-Pokal.

Dagegen sind Anton und Carmen sehr viel konkreter
geworden
Und erhalten dafür den Gebratenen-Pekinger-Enten-
Orden.
Auch Inés und Peter sind politisch total transparenter
inzwischen
Und wollen zusammen mit Susi und Saul bei jeder
Bewußtmachung mitmischen.

Auch Kay und Hannelore sind jetzt dialektisch enorm
relevanter
Und erhalten demnächst für ihren »Drogen-Song« von
Radio Cuxhafen den Goldenen Panther,
Selbst Uwe und Petra haben jetzt wieder diesen open-air-
geschulten alternativen Touch
Und ich mach nur noch Quatsch.

Paul-Erich hat jetzt endlich mit seinen Balladen die
Schallmauer der Wirklichkeit durchstoßen,
Krafft-Volker gehört jetzt mit seinen Knast- und Kinder-
Opern zu den wirklich ganz Großen
Und Willibald hat jetzt mit seinen Aktionsstrophen der
Gesellschaft mal wieder aufs Maul geschlagen,
Dagobert dagegen will mit seinen ökumenischen Liedern
das Christentum hinterfragen.

Ekkehard lebt in Bottrop und entlarvt zur Zeit die
bolivianische Krise,
Christopher lebt in Kassel und entlarvt zur Zeit die
Analyse dieser Krise,
Guntram lebt in Lübeck und entlarvt zur Zeit die Krise
dieser Analyse,
Und ich mach dummes Zeug.

Die Songgruppe »Sägespäne« macht jetzt eine Tournee
durch die Mandschurei
Die Songgruppe »Hammer und Sichel« war beim
Pressefest in Budapest auch dabei,
Die Songgruppe »Stachelbeere« will jetzt aus der Fabrik
wieder auf die Straße gehn,
Ich kann das verstehn, ich kann das verstehn,
ich kann das verstehn.

Ich hoffe dennoch inständig, ihr behaltet mich alle
a bisserl noch lieb,
Denn marketingmäßig, wie ich erfuhr, bin ich ein
Lang-Zeit-Typ,
Doch pfeif ich auf diese Erkenntnis und prophezeie euch:
Ich mach – damit es sich reimt – dummes Zeuch.

Delirium, Delarium, Delirium, Delarium, Löffelstiel,
Ja die Weltgeschichte ist doch ein äußerst vielseitiges schöpferisches Spiel,
Mal Folter, mal Frohsinn, mal Frohsinn, mal Folter auf jedem Gebiet,
Und dazu dann das passende Lied.

Schnabadi schnabadu dadabab da
Schnabadi schnabadu dadabab da
Dabadabadab dadidabda
Schnabab didibab da...

1973

Sie sagen
Idealismus ist ein Intelligenzdefekt.
Ich glaube es nicht

Sie sagen
die Bergpredigt wäre nicht so gemeint.
Ich glaube es nicht

Sie sagen
Du sollst nicht töten ist so zu verstehn, daß...
Ich glaube es nicht

Sie sagen
Bei etwas gesundem Menschenverstand
müßte doch jeder...
Ich glaube es nicht

Sie sagen
Selbst Christus würde, wenn er heute...
Ich glaube es nicht

Und wenn man mir Berge
schwarzen und roten Goldes verspricht
Ich glaube es nicht

1955

Wo man auch hinguckt
Sagen die Leute
Überall Krieg Hunger und Sklaverei

Wo man auch hinhört
Sagen die Leute
Überall List Lug und Giftmischerei

Wo man auch hinsieht
Sagen die Leute
Überall Haß Roheit und Meuchelmord

Wo man auch hinhorcht
Sagen die Leute
Überall Angst Flucht und kein ehrliches Wort

Immer näher kommt das Todesgeschrei
Kommen die Feuersbrünste zuhauf
Kommen die Beutelschneider und Stoßtrupps der
Tyrannei
Schneiden den Hals und die Bäuche auf
Kommen mit Spürhund Spitzel und Spaten
Die Totengräber nach den Soldaten
Kommen die Speichellecker mit krebsroten Backen
Die erst die Häuser plündern und dann die
Geldschränke knacken
Kommen die Seuchen die Kinder zu raffen
Machen sich Fledderer an den Leichen zu schaffen
Kommen die Sieger mit höhnischen Liedern
Und aus den Wolken fallen die Vögel
Haben die Flügel sich blutig geflogen
Kommen die Folterknechte spezialisiert
auf Fingernägel

Und aus dem Fluß werden die ersten Frauen gezogen
Kommen die prächtigen Herren der neuen Wahrheit
Verschaffen sich Flittchen und auch etwas Klarheit
Über die Lage und wo denn das nächste Land gelegen
Dem man Freiheit und Sicherheit bringen könnte
Und natürlich den Menschen Frieden und Segen
Doch die Tatsachen sprechen dagegen

Wo man auch hinflieht
Sagen die Leute
Überall wirds nicht anders sein und werden

Wo man auch hinkommt
Sagen die Leute
Überall Feindschaft auf Erden

Wo man auch hindenkt
Sagen die Leute
Überall keinerlei Ausweg und Licht

Wo man auch hinspricht
Sagen die Leute
Man hört uns man hört uns nicht

Aber es gibt sie noch die es hören
Überall gibt es sie
Dreht euch nur um
Leise sind sie um nichts zu zerstören
Niemand von ihnen will uns verhören
Keiner ist öffentlich oft zu sehn
Da sind sie hier sind sie überall
Dabei geblieben
Dabeigebliebene
Bleibende
Bleibende bauen das Bleibende
Das Nichtzubeschreibende
Das Nichtzubelehrende
Das Nichtzuerklärende
Die LIEBE überall dort und hier

WIR
Die Tatsachen sprechen dafür.

1968

Da nur wenige Menschen
Von Geburt oder Gottes Gnaden
Demokraten sind
Eine Demokratie aber nur dann
Richtig und reichlich angewandt werden kann
Wenn Regierende und Regierte sich ständig im
Gespräch befinden
Wenn die Regierenden nach unten horchen
Und die Regierten oben Gehör finden
Sollte man sich vielleicht fragen
Welche Gesellschaftsordnung
Die Demokratie wahrhaft schöpferisch funktionieren läßt
Der Sozialismus
Wenn er hält was er verspricht
Denn er wird auch nur von Menschen praktiziert
Ist für eine echte Demokratie
Meines Erachtens eine Conditio Sine Qua Non
Der Kapitalismus
Gibt dem Volk zwar Brot und Spiele
Und auch viele Scheinmöglichkeiten sich politisch
fortzubilden
(Um nicht zu sagen »hinweg zu bilden«)
Hält sich aber das Volk doch ganz schön vom Leibe
Eine Demokratie muß für alle
Und zwar täglich
Attraktiv und kreativ sein
Es muß für die unteren 10 Millionen
Ständig das Angebot vorliegen
Sich gesellschaftlich zu artikulieren
Kurz:
Das Volk muß mehr gefragt werden
Mir scheint
Wir haben keine Demokratie sondern eine »Demoskopie«

So würdigt man das Volk
Langsam zu einer »breiten Masse ohne Sinn für Zusammenhänge« herab
Lockt es mit spießigen Sprüchen alle vier Jahre an die Urnen
(Mal sehn ob Allensbach recht gehabt hat)
Dann dürfen alle wieder zwar alles sagen
Aber in die Luft hinein
Wer also die wahre Demokratie will
Darf nicht darauf hoffen, daß sie vom Himmel fällt
Sondern wird daran mitarbeiten müssen
Daß die Menschen wieder ernst genommen werden
Die große Demokratie wird dann eines Tages vielleicht
Wenn wir's auch nicht mehr erleben
So sollte man doch schon hie und da ein
Samenkorn setzen.

1967

Fragt Eure Väter
Warum sie sich nicht vor euch stellen
Wenn man euch zum Dienst mit der Waffe holt

Fragt Eure Mütter
Warum sie jammern und euch doch freigeben
Für ein Handwerk das stets zu Mord und
Totschlag führte

Fragt Eure Priester
Was sie sich dabei gedacht haben
Als sie euch »Liebe deine Feinde« und »Du sollst nicht
töten« lehrten

Hütet Euch vor den Klugschnäbeln
Die euer bestes Wissen und Gewissen untersuchen
Denn gerade sie sind es
Für die ihr später töten und sterben müßt

Fragt Eure Eltern
Ob sie euch wirklich mehr lieben
Als all' diese fatalen Begründungen
Von Heimat Treue Vaterland und Ehre

Fragt sie
Hört nicht auf zu fragen

Und wenn sie euch keine Antwort geben
Oder wie so oft nur mit den Schultern zucken
Dann fragt sie
Warum sie euch dann wohl in die Welt gesetzt haben.

1966

Wir befinden uns in der Hand
von Kaufleuten
die sich wiederum in der Hand
von Kaufleuten befinden
die wiederum ihrerseits
sich in der Hand von Kaufleuten
befinden
von Kaufleuten die sich aber keineswegs
als Kaufleute empfinden
vielmehr als vielseitig Interessierte
sagen wir
sich als hochkomplizierte Seelen, unter
wenn's sein muß
eiskalter Haut
dargestellt wissen wollen
weil eventuell alte Schule
hanseatisch etc.
sich demnach natürlich mit bildender Kunst
überhaupt mit Kunst
sich als Kaufleute
die wiederum in der Hand von noch
feineren Kaufleuten
sich befassen und auseinandersetzen
in der Obhut
wohlgemerkt in der Obhut
von angestammten Kaufleuten
die das Halsabschneiden weit von sich weisen
auch dem Sohne das Halsabschneiden nicht
auch nicht unter vier Augen
gelegentlich angeraten
weil abermals dieser schon
in den Händen von anderen
wissenschaftlich gebildeten
hochaufgeschossenen Kaufleuten
mit jener konservativen Chuzpe
die Marktlücke im Tornister
sich befindet

also schon Handlanger eines weiteren
angesehenen Zirkels
der wiederum in der Hand eines anderen
Zirkels und so weiter
sich befindet
und so das Halsabschneiden auch nicht so
vordergründig betrachtet
sondern
als kleineres Übel zum Wohle des Ganzen
zum Wohle der Imbißbuden
der Currywurstphilosophie
die ja den Deutschen nicht nur längst eigen
sondern auch
gleichfalls Europa
den Geist und das Abendland
ja den abendländischen »Austernesser« erleuchtet
Würstchen und Piepen!
verkleistert mit Dialogen aus Operetten
aus dem Munde von Kaufleuten
die hinter der Hand
oder unter der Hand
oder mit beiden Händen schon zugedrückt
zugeschlagen
während wir noch den Traum in der Tasche
gekritzelt auf kleinen Zetteln mit uns schleppen
und Hoffnung haben
lächerlich –

So ist denn der Arzt kein Arzt
und der Künstler kein Künstler mehr
der Pfarrer kein Pfarrer
und der Richter kein Richter
der Sänger kein Sänger
der Arbeiter kein Arbeiter
der Bauer kein Bauer
und der Bäcker kein Bäcker mehr
die Frauen sind keine Frauen
die Männer keine Männer
und die Kinder sind keine Kinder mehr und so weiter

Große leergedachte Gesichter
auf verhältnismäßig kleinen Körpern
oder auf verhältnismäßig großen Körpern
kleine abgewetzte Gesichter
Wir befinden uns in der Hand von Kaufleuten
meinen jedoch nicht in der Hand von Kaufleuten zu sein
weil wir selbst Kaufleute geworden
dies aber nicht so empfinden
oder dargestellt wissen wollen
weil wir immer noch Menschen sein möchten
dies aber nicht mehr können.

1972

Es liegt an den Eltern
Es liegt an den Lehrern
Es liegt an der Kirche
Es liegt an den Büchern

Es liegt an den Kindern
Es liegt an den Indern
Es liegt an den Häusern
Es liegt an den Bauern

Es liegt an der Lage
Es liegt an der Lüge
Es liegt an der Bahre
Es liegt an der Wiege

Es liegt an den Künstlern
Es liegt an den Herren
Es liegt an den Wolken
Es liegt an den Irren

Es liegt an den Füßen
Es liegt an den Grüßen
Es liegt an den Worten
Es liegt an den Zähnen

Es liegt an den Haaren
Es liegt an den Torten
Es liegt an den Jahren
Es liegt an den Sorten

Es liegt an den Tränen
Es liegt an der Psyche
Es liegt an der Leber
Es liegt an der Mosel

Es liegt an der Jugend
Es liegt an den Alten
Es liegt an der Tugend
Es liegt an den Falten

Es liegt am Betriebsrat
Es liegt am Gewitter
Es liegt am Bewußtsein
Es liegt an der Zither

Es liegt an der Brille
Es liegt an der Küste
Es liegt an der Stille
Es liegt an der Wüste

Und die Moral von der Geschicht
Nur an uns selber nur an uns selber liegt es nicht
Und weil man dies zu spät erkennt
Gibts immer noch verflucht kein happy end

Es liegt an der Jugend
Es liegt an den Alten
Es liegt an der Tugend
Es liegt an den Falten

Woran es sonst vielleicht noch liegen mag
Das hören Sie bestimmt am nächsten Tag

Es liegt an den Bäumen
Es liegt an den Reben
Es liegt an den Träumen
Und vielleicht liegts auch am Leben

Es liegt an den Städten
Es liegt an den Betten
Es liegt an den Erben
Und vielleicht liegts auch am Sterben

Und weil man dies zu spät erkennt
Gibts immer noch verflucht kein happy end.

1972

Die Dichter fliehn aufs Land
Nach Skandinavien und Iskia
In Windmühlen und Scheunen
In Kuhställe und Bauhütten
Da fasern sie ein Schweinchen auseinander
Und bratens auch am Spieß so richtig bäuerlich
Ich seh sie schon das Feld bestellen
Die rusticalen Intellektuellen
So differenziert ward noch kein Pflug geführt
Und so sensibel auch noch keine Hühnerstall-Allüren
Das jätet und das ackert, das krumt und furcht
Sich in den Boden und schreibt sich alles auf
Den Tageslauf, den Jahreslauf, den Lebenslauf
Da trägt auch die Dichtersfrau den einfachen
Kittel wie Mutter Courage,
Ist's eine Windmühl'
Dann macht der Dichter kurzum aus den Flügeln
Ein Mobile für die Kinder (Stefan und Katrin)
Nun, so ein Leben am Spieß läßt sich leben
Finden auch die andern
Und so kommts, daß man sich öfter trifft
Grüß Dich, Heinrich, und Grüß Dich, Inge
Schon aus Warschau zurück?
Nun, jetzt sitzt man im Freien und wirft sich
Probleme in den Schoß
Man nehme den zerfaserten Menschen von heute
Und zerfasere ihn bis in die Morgenstunden
Einer liest zwischendurch prosarotes
Und zerfasert sich selbst bis zur Unbehausung
Rotwein fließt in der Diele

Da stehen Dichtersmänner zwischen Tür und Angel
Immer mit einem Bein auf der Schwelle des
Großen Zwischen-Ding-Dang-Dong
Die Zigarre macht den Meister
Und Dichterinnen machen den Abwasch (das bißchen)
Doch es kommt schon was dabei heraus
Die Kuh tritt aus dem Stall und muht: Was sind das
für Menschen, die andern Menschen helfen wollen
Und sich selbst nicht helfen können.

1965

Im Jahre 2000 und 3
Hat die Erde eisgraue Schläfen
Und in den Häfen
Sagt kein Mensch mehr good bye

Im Jahre 2000 und 3
Macht der Mond von sich reden
Und schickt jeden der sich freiwillig meldet
Zur Mondpolizei

Dort wird dann weitergemacht
Mond gegen Mars
Oder Mars gegen Mond
Wohl dem der dann auf dem Jupiter
Wohnt

Im Jahre 2000 und 3
Verschwinden Wälder und Berge
Denn aus der Erde macht man dann Särge
Für die Mondpolizei

Im Jahre 2000 und 3
Hat die Erde nichts mehr zu sagen
Nur noch vom Monde hört man direkt übertragen
Todes- und Hilfegeschrei

Denn dort wird dann weitergemacht
Die alte Geschichte vom Turmbau zu Babel
Von Habgier und Neid
Die alte Geschichte von Kain und Abel.

1951

Ich spiele soeben
Den Walzer vom Leben
Weiß nicht mehr genau
Was das ist
Ich lache und weine
Weiß nur das eine
Weiß nicht mehr genau
Was das ist

Die Tanten in Xanten
Und ihre Trabanten
Reden höchst simultan
Die Geistesverwirrten
In Bedburg und Birten
Ziehn introvertiert ihre Bahn

Als Mond in den Kneipen
Ertrinken zu müssen
Liegt keineswegs weit ab vom Weg
Als Pferd zwischen Sonsbeck
Und Kalkar zu leben
Ist auch ein beliebter Beleg

Ich spinne und übe
Ich hasse und liebe
Weiß nicht mehr genau
Was das ist
Ich tanze und spiele denke und fühle
Weiß nicht mehr genau
Was das ist

Der Herzog von Wesel
Zieht seinen Esel
Alleine über den Sand
Der Lieblingseleve
Der Fürstin von Kleve
Hat bis heute den Schwan nicht gekannt

In Schenkenschanz und
Auf den Feldern vor Geldern
Schleicht morgens der Nebel an Land
In Walsum und Hamborn
Stehn Väter und Söhne
Und stecken den Rhein nachts in Brand

Ich esse und trinke rufe und winke
Weiß nicht mehr genau
Was das ist
Ich hör von Begriffen
Von Tricks und von Kniffen
Weiß nicht mehr genau
Was das ist

Mit Schiffermütze
Und halblanger Jacke
Die Tasche mit Schnaps unterm Arm
So geht man in Homberg
Über die Brücke
Und hofft daß Gott sich erbarm

Das Wetter schlägt um
Und wir geben uns Mühe
Die Omma sieht garnicht gut aus
Die Katzen und Hunde
Und Schafe und Kühe
Die nehmen wir all mit ins Haus

Ich klage und schreie
Bin still und verzeihe
Weiß nicht mehr genau
Was das ist
Ich rede und schreibe
Gehe und bleibe
Weiß nicht mehr genau
Was das ist

Den geistigen Menschen
Als Nabel zu küren
Welch Unsinn und schöner Betrug
Das Alter nun
An den Baumrinden spüren
Ist endlich Selbstwert genug

Ei darum erklingt ja
Musik auf der Erden
Aus Tollwut und Trübsinn gemacht
Damit uns wenn wir
Dann weniger werden
Das Herz nicht erfriert wenn es lacht

Genommen gegeben
Gegeben genommen
Das ist der uralte Kreis
Vergehen verkommen
Verkommen vergehen
Ist alles was ich genau weiß

Ich spielte soeben
Den Walzer vom Leben
Versuche zu schweben
Und weiter zu leben
Versuche zu leben
Und weiter zu schweben
Soeben zu leben
Soeben soeben
Soeben
Soeben...
...
...

1975

Ich bön de Kerl
De gern Poet wär
Aber ich komm höchstens dazu
Mir son Butterblum
Int Knopfloch zu stecken
Damit ich wenigstens
Son poetisch Gefühl hab
Und de Sohn von Walt Whitman
Sein könnt

Aber wehe
Wenn Se in sonne Verfassung
Inne Intercity Zuch geraten
Wo all die sortierte Brüder rumlaufen
Die so Köfferkes haben
Mit son Stahlbeschlach drumherum
(un immer son fein genoppte Jacken anhaben)
Da trau ich mich stundenlang
Nich in de Speisesaal
Sitz lieber in mein Eck
Un ess mir en Stück Schokolad
Un lies mein Lieblingsdichter Jessenin
Der sich glaub ich erschossen hat
Un de eine Schweizer
Robert Walser mit Namen
De verrück geworden is
Oder guck et Fenster raus
Damit ich all die Gespräche nich hör
Aber ich hör se doch all

Manchmal möcht ich am liebsten
Tot umfallen
Weil de Kopp bald am platzen is
Wenn ich all die Gespräche hör:

Vonne Wirtschaftsbestrebungen inne Bezirks-
versammlung
Auf der wirtschaftlichen Ebene von et Manätschment in
de Wirtschaftskampf
Un Schröder geht jetzt für 11 000 nach Augsburg
Dafür kommt Lindemann nach Bremerhaven in die ein
Zweichstell
Die jetzt angekurbelt werden muß
Weil Steigerwald ja als Einkaufsleiter zu Klettmann
und Söhne gegangen
Mit 9000 brutto

Da heißt
Da muß en längger zurückliegende Absprach mit
Schuster in Ems
Von Süßwaren-Süd mit im Spiel gewesen sein
Sons wär Schröder ja damals schon gleich
Allerdings nur für 7000
Nach Augsburg gegangen
Wann können Se denn die Schrauben liefern
Dat muß dann demnächst nochmal detailliert
Wenn Kremer aus Wien zurück is
Besprochen un auf Vordermann gebracht werden
Für 12000 zuzüglich Provision –
– Empfehlung zu Hause

Aber auch da glaub ich
Gibbet et manchmal Leut
Die nich mehr ein noch aus wissen
Un dafür dann wertvolle Platten sammeln
Un kostbare Bilder un alte Uhren
Oder sich wie de Jessenin
Außem Staub machen
Oder wie de Robert Walser nach Herisau
In en Heim gehen
Weil se en Schraubenschlüssel schließlich für en
Butterblum halten
Halten müssen
Un umgekehrt

Früher hab ich immer gemeint
Ich müßt denen all bös sein
Aber ob et nun all de angelesene Kram is
ode de ganze Wirtschaftsklüngel
Wir haben doch all de Ewigkeit im Nacken
Un Haß is nich mein Brot

Jaa, ich bön de Kerl
De gern Poet wär
Oder auch nur Literat
Dann säß ich immer int Kaffeehaus
Wie früher de Jacob van Hoddis un de Alfred Lichtenstein
(De eine wurd deportiert un de andre is ja schon im
1. Weltkrieg gefallen)

Ma gucken wer jetz in Mannheim
Wieder aussteigt un wieder einsteigt
Vielleicht wird der Speisewagen dann en bißken leerer
Un ich kann rasch en Bier trinken gehn.

1976

Die grünen Tische –
In der Wüste von Nevada
Und in den verdunkelten Limousinen des roten
Oktobers –
Warten auf Euch.
Seid Ihr Euch klar darüber?
Habt Ihr Euch überlegt,
Daß Ihr schießen, schlagen und stechen müßt?

Und daß Ihr erschossen, erschlagen und
Erstochen werden könnt?
Ihr habt Euch das überlegt?
Dann ist es gut.
Jeder soll tun, was er für richtig hält.
Es kann keiner aus seiner Haut.
Ich kann Euch nicht sagen: Seid tapfer!
(Das sagen nur Gymnasialdirektoren),
Außerdem wäre es Hohn,
Denn wenn die Reihe an mich kommt,
Werde ich nicht mittun.

Solange die eurasischen Greise nicht
Selbst die Knarre in die Hand nehmen,
Werde ich nicht mittun.
Deshalb bin ich kein Kommunist,
Da müßte ich viel mehr rechts stehn.
Solange die eurasischen Greise sich an
Zwanzigjährigen vergreifen,
Kann ich nicht mittun. –
Aber ich lasse mich gern belehren.
Ich hoffe, Ihr wißt viel besser, was in
Der Welt vorgeht.
Ja, ich sehe es Euch doch an, daß Ihr
Sagen wollt:
Lieber junger Freund: Lebensnotwendigkeit,
Frieden in Freiheit, ja und
Vor allen Dingen, Europa nicht vergessen.

Ihr habt ja so recht.
Wie konnte ich das übersehen.
Deshalb habt Ihr das Recht, mich einen
Feigen Hund zu nennen.
Macht, was Ihr wollt und geht dahin,
wo Ihr hingehört.
Die grünen Tische –
In der Wüste von Nevada und in den
Verdunkelten Limousinen des roten Oktobers –
Warten schon auf Euch.
Seid Ihr Euch klar darüber?
Habt Ihr Euch überlegt,
daß Ihr töten müßt oder daß Ihr getötet werdet?

Ihr habt Euch das überlegt.
Dann ist es gut.
Jeder soll tun, was er für richtig hält.
Es kann keiner aus seiner Haut.

1950

Zuerst kommen die
Die Dich umhegen und pflegen Dich sauber halten
Dich baden und ölen
Ein Nest bauen
Dich ermuntern zu sprechen Dir Schritte beibringen
Dich größer und größer ziehn
Dich in Kleider wickeln und für dich einen Namen suchen

Dann kommen die
Die Dich begaffen beschnüffeln betasten und tätscheln
Rasseln und Glöckchen mitbringen
Spiegel und goldene Löffel
Dreirad Schwammdose Tafel und Ranzen
Dich tagelang drehen und wenden
Damit Du der Feinste bist

Dann kommen die
Die Dich mustern und schätzen Dich loben und tadeln
Setzen und aufstehn
Dich bilden damit Du zum höheren Wesen langsam hinaufwächst
Mit Stöckchen auf Deine Finger schlagen
Auf daß Du Charakter und Rückgrat Dir anschaffst

Dann kommen die
Die Dir Berge und Flüsse zeigen
Eingerichtete Häuser Silbergruben und Aufsichtsräte

Dann kommen die
Die Dich anwerben für eine Sache
Für die man durchs Feuer gehn sollte
Am besten ist es natürlich
wenn andre durchs Feuer gehen
Darum sagen sie Dir
daß das Feuer auch nur vorübergehend
Und danach der Himmel wieder erscheinen würde

Dann kommen die
Die Dir die Kleider vom Leibe ziehn
Und Dich in Rüstungen stecken
Damit Du gegebenenfalls Dich Deiner Haut zu wehren
weißt

Dann kommen die
Die Dich segnen und preisen
Weil von Berufs wegen das so üblich
Und dadurch die Kampfkraft erheblich wächst

Dann kommen die
Die Dich verbrennen mit Napalm und allerlei schon
bewährten Vernichtungsmaschinen
Die Dir beweisen daß das sehr schnell geht
(Sozusagen ruckzuck) und darum human ist

Dann kommen die
Die Dich zahlenmäßig erfassen
Und es nicht fassen können

Es sind dieselben
Die Dich umhegten und pflegten
Und für Dich einen Namen suchten
Die Dir Spiegel und goldene Löffel brachten
Die Dir Charakter und Rückgrat einbliesen
Dich sauber hielten
Dir Berge und Flüsse zeigten
Und von einer heiligen Sache sprachen

Und nun schon wieder dabei sind
Andere sauber zu halten
Um keinen Schweinestall aus dieser Erde zu machen
Denn so sauber wie ihre frömmelnden Finger
Sind ihre glühenden Öfen und Bomben

So sauber wie ihre Gesinnung
Sind ihre Zähne
Die sie in Menschen schlagen
In roher Gesundheit

So schnell wie sie alles sauber halten
Ist auch Dein Tod
Damit nicht Fliegen und Geier die Gegend bevölkern
Schicken die sauberen Herren das schmutzige Volk
unter die Erde.

Wann schickt das schmutzige Volk die sauberen Herren
in ihren mit allen Wassern gewaschenen Himmel?

1968

Kurdirektoren steigen meist spät zu Bett und stehn mit den Hühnern auf. So muß es auch sein. Ein richtiger Kapitän verläßt ja auch als letzter das sinkende Schiff.
Stattlich in der Erscheinungsform, taucht er, ein Amadeus ex Machina, zwischen Quellen und Freitreppen auf, ein Husar ohne Pferd, ein Prediger auf Terrassen. Gefilterte Fürsoge durchzieht sein gepflegtes Gesicht. Ausgesuchte Manschettenknöpfe. Er kennt sie alle und alle kennen sie ihn, diesen feinen, vielseitig interessierten Fünfziger, versierter Verwaltungsmensch, aber auch immer ein Auge für Löwenmäulchen, Rosen und Tulpen, eine Spatenstich-Natur.

1962

Wenn Frau Direktor von Rückgrat
Eine kleine Party arrangiert
Hab ich mich bis jetzt noch immer
Unsterblich blamiert.
Ich hab mich dann heimlich verkrümelt
Aufs Klo oder in die Küche
Denn da herrschen entweder Schweigen
Oder unkomplizierte Gerüche
Doch drüben im großen Salon
Tobt dann der Hornbrillenjargon:

Was halten Sie von Samuel Beckett
Finden Sie nicht, finden Sie nicht,
Daß er in seinem Godot
Mehrmals die Stile bricht

Und wie finden Sie den späten Picasso
Finden Sie ihn auch eklatant
Besonders, nicht wahr, wenn er rosa mit schwarz
Und ocker auf die Leinwand bannt

Ach, Männe, hör doch mal eben
Unser lieber Freund hier meint auch
Kafka darf man nicht im Sitzen lesen
Sondern nur auf dem Bauch

Und spüren Sie bei Arnold Schönberg
Nicht auch eine Spur Kokain
Seh'n Sie, ich habs ja immer gesagt
Man muß sich in das Problem hinunterknien

Gut, daß wir in einer Großstadt wohnen
Man würde ja zum Nachtschattengewächs
Was halten Sie von Henry Miller
Ist der nicht Sartre hoch sex

Und auswechselbare Lyrik
Ist das Steckenpferd von meinem Männe
Gottfried Benn, sage ich Ihnen
War unsre abendländische Antenne

Aber nun wolln wir uns mal wieder stärken
Mögen Sie vielleicht ein Brötchen mit Fisch
Wissen Sie, wir müssen den Materialismus überwinden
Doch das Dienstpersonal ißt nicht mit am Tisch

Wenn Frau Direktor von Rückgrat
Eine kleine Party arrangiert
Werde ich von den Gästen
Stundenlang fixiert

Ob der Jazz, schwarz auf weiß
Nicht doch vom Urwald
Ob Chaplin wirklich ein Kommunist
Und Frau Direktor meint dazu schelmisch
Unser lieber junger Freund hier, ist nämlich ein kleiner
Verkappter Existenzialist.
Und die Stirn ist klein und der Bauch ist rund
Und alles quasselt durcheinander und mit vollem Mund:

Ja wir in den kleinsten Kreisen
Finden Sie ja, finden Sie nein,
Müssen stets geistig verreisen
Und auf dem Laufenden sein

Auf einer Abendgesellschaft
Oder im Club oder beim Tee
Loben wir uns gegenseitig
Über den grünen Paul Klee

Denn 1. der Mensch als solcher
Und 2. die Kunst und der Mensch
Und 3. der Mensch und die Technik
Und 4. der Mensch als Mensch

Und 5. der Mensch bei Jaspers
Und 6. der Mensch und die Transzendenz
Und 7. der Mensch und der Zeitgeist
Und 8. der Mensch im Mercedes-Benz

Wie denken Sie über Jünger
Ich denke darüber so
D. h., wenn Sie darüber anders denken
Das erhöht das Gesprächsniveau

Ach Männe, hör doch mal eben
Was ist doch bei Gustav Mahler der Knalleffekt
Die Musik als tragisches Erleben
Oder als Schrei im Plusquamperfekt

Ja wir in den kleinsten Kreisen
Wir sind nicht von dieser Welt
Um unser Gehirn zu beweisen
Verzichten wir gerne –
wer's glaubt-
auf's Geld!

1952

Du brauchst einen Psychiater. Du brauchst ein neues Bett. Du mußt mal ins Theater. Du mußt mal aufs Klosett. So für den Hausgebrauch. Und Lenin brauchst du auch. Zapperlot und Firlefanz, schizophren und Eiertanz. Du brauchst jetzt was für's Herz. Du brauchst was für dein Glück. Die Frau braucht einen Nerz. Und du brauchst einen Tick. Ihr braucht jetzt neue Möbel. Du brauchst einen Verein. Gehörst doch nicht zum Pöbel. Nein, ganz bestimmt nicht, nein. Drum brauchst du einen Titel. Ein Ehrenamt dazu. Kauf dir doch einen Orden. Kauf dir doch deine Ruh. Du brauchst jetzt deine Ruhe. Du brauchst jetzt Bio-Kost. Du brauchst jetzt frische Zellen. Von wegen Schüttelfrost. Brauchst neue Haartinkturen. Brauchst Antifaltenspray. Brauchst einige Amouren. Und dann nach Übersee. Acht Tage mal im Flugzeug. Acht Tage mal im Wald. Acht Tage mal am Wasser. Acht Tage mal Asphalt. Drum brauchst du mehr Gehalt. Du brauchst ein Telefon. Du brauchst ne neue Zeitung. Ne neue Religion. Ne neue Zigarette. Ne Kur für deinen Bauch. Ne neue Schmerztablette. Und Jesus brauchst du auch. Du brauchst ein neues Leben. Du brauchst nen neuen Tod. Das tot sein ist ja nicht so schwer. Denn tot ist man ja heut nicht mehr. Jetzt geht's erst richtig los. In Saus und auch in Braus. Nach Griechenland und Portugal. Nach Irgendwo und Überall. Marokko und Tunesien. Als wäre nichts gewesen. Und dann ins Krankenhaus. Du brauchst und brauchst und brauchst. Und dann kommt dieser Augenblick. Wo dir dein Schädel raucht. Und sich dein Herz verstaucht. Weil man dich nicht mehr braucht. Zu alt. Zu alt. Zu alt. Und außerdem: Wer war der Mann? Wer war der Mann? Und bald. Und bald. Und bald. Kommt schon die nächste Generation. Von vorne wieder dran: Du brauchst jetzt Holzpantinen. Du brauchst jetzt weiße Jeans. Du brauchst jetzt dufte Bienen. Du brauchst jetzt New Orleans. Du brauchst ne Diskussion. Du brauchst jetzt was zu trinken. Du brauchst doch nur zu winken. Du brauchst ein Diktafon.

Wir bringen dir's ins Haus. Kauf dir noch einen Grill. Du mußt mal richtig raus. Du brauchst jetzt Chlorophyll. Kauf dir doch eine Mühle. Kauf dir ein Bauernhaus. Kauf dir doch Wiener Stühle. Dir fallen die Zähne aus. Zapperlot und Firlefanz, schizophren und Eiertanz. Dir fallen die Haare aus. Du brauchst jetzt ein Toupet. Du mußt mal in den Schnee. Du mußt auch mal nach Rom und Wien. So kauf dir doch ein Trampolin. Du brauchst ein neues Leben. Du brauchst nen neuen Tod. Du mußt mal was erleben. Sei doch kein Idiot. Sei doch kein Spielverderber. Der Schornstein muß doch rauchen. Sieh dir die andern an. Was die so alles brauchen.
In Wirklichkeit, in Wirklichkeit braucht man das alles nicht. Moral von der Geschicht: Brauchst nur nicht auf die Welt zu kommen. Mehr braucht man eigentlich nicht.

1974

Was machen Sie hinterher
haben Sie's schon vergessen
Sie gehn doch wieder in das alte Lokal
Mit dem uralten Ober
Und dem uralten Essen
Vom alten Oktober

Was machen Sie hinterher
Was machen Sie morgen
Wo trifft man Sie im nächsten Jahr
Leben Sie alleine
Haben Sie Sorgen
Oder haben Sie keine

Sind sie vernünftig
Oder sind Sie in Not
Was tun Sie gegen Haarausfall
Husten Sie nicht ständig
Sind Sie schon tot
Oder sind Sie noch lebendig

In welcher Straße wohnen Sie
Tragen Sie Krawatten
Singen Sie im Kirchenchor
Wie geht's Ihrem Vater
Fangen Sie gerne Ratten
Oder wär'n Sie gerne Pater

Ja ja zum Leben muß man geboren sein
Ja ja zum Leben muß man erkoren sein
Alles Leben steht und fällt
Mit dem sogenannten Licht der Welt
Und nochmal:
Ja ja zum Leben muß man geboren sein
Ja ja zum Leben muß man erkoren sein
Alles Leben steht und fällt
Mit dem sogenannten Licht der Welt

Was machen Sie hinterher
Trinken Sie ein Bier
Sind Sie gut versichert
Haben Sie Kinder
Spielen Sie Klavier
Oder sind Sie Erfinder

Glauben Sie an Gott
Oder glauben Sie an sich
Lieben Sie Motorräder
Spiel'n Sie gern im Sand
Wie oft sagen Sie Ich
Was halten Sie von Kant

Haben Sie etwa Schulden
Nehmen Sie Tabletten
Oder haben Sie ein Vorbild
Aus der Geschichte
Leben Sie in Ketten
Oder schreiben Sie Gedichte

Sind Sie labil
Oder sind Sie ein Ringer
Und drücken gleich zu
In Ihren vier Wänden
Oder zähl'n Sie Ihre Finger
An Ihren zwei Händen

Ja ja zum Leben muß man geboren sein
Ja ja zum Leben muß man erkoren sein
Alles Leben steht und fällt
Mit dem sogenannten Licht der Welt
Und nochmal:
Ja ja zum Leben muß man geboren sein
Ja ja zum Leben muß man erkoren sein
Alles Leben steht und fällt
Mit dem sogenannten Licht der Welt

Sind Sie eine Kämpfernatur
Oder sind Sie sensibel
Haben Sie das nötig
Wann brauchen Sie den Himmel
Lesen Sie die Bibel
Oder lesen Sie Simmel

Was machen Sie hinterher
Kommen Sie zur Ruhe
Oder möchten Sie mal schreien
Damit es mal raus is'
Oder liegt in Ihrer Truhe
Der Freund des Hauses

Sind Sie ein Feigling
Essen Sie gern Suppen
Gewinnen Sie beim Tischtennis
Haben Sie einen Garten
Spielen Sie oft mit Puppen
Oder nur mit Karten

Was machen Sie hinterher
Wir möchten Sie nicht stören
Sie sind sicher sehr abgespannt
Das können wir gut verstehn
Sie können uns nicht mehr hören
Und wir können Sie nicht mehr sehn

Ja ja zum Leben muß man geboren sein
Ja ja zum Leben muß man erkoren sein
Alles Leben steht und fällt
Mit dem sogenannten Licht der Welt
Und nochmal:
Ja ja zum Leben muß man geboren sein
Ja ja zum Leben muß man erkoren sein
Alles Leben steht und fällt
Mit dem sogenannten Licht der Welt

Was machen Sie hinterher
Ich kann es nicht mehr hören
Kommen Sie zur Ruhe
Ich kann es nicht mehr hören
Singen Sie im Kirchenchor
Ich kann es nicht mehr hören
Haben Sie ein Vorbild
Ich kann es nicht mehr hören

Haben Sie das nötig
Ich kann es nicht mehr hören
Essen Sie gerne Suppen
Ich kann es nicht mehr hören
Sind Sie gut versichert
Ich kann es nicht mehr hören
Leben Sie in Ketten
Ich kann es nicht mehr hören
Was tun Sie gegen Haarausfall
Ich kann es nicht mehr hören
Wann brauchen Sie den Himmel
Ich kann es nicht mehr hören
Was machen Sie hinterher
Ich kann es nicht mehr hören

Was machen Sie hinterher
Ich kann es nicht mehr hören
Was machen Sie hinterher
Ich kann es nicht mehr hören.
Ohren zu!

Aber gnädige Frau,
Der 1. Preis ist eine Mozart-Platte
Der 2. Preis ist eine Vivaldi-Platte
Und der 3. Preis ist eine Scarlatti-Platte, sogar mit einem
Vorwort von Albert Schweitzer. Was will man mehr?

1973

Woran erkennt man heutzutage einen modernen Menschen? Am Folgenden. Kommt der moderne Mensch aus dem Kino und man fragt ihn, na, wie war's denn, dann sagt er meist: Na ja, glänzend gemacht, es war ein abessinischer Film, aber leider war er deutsch synchronisiert. So ist ja auch der moderne Kabarettist daran zu erkennen, daß er ständig in der Nase der Zeit bohrt. Oder der moderne Dichter daran, daß er immer wieder sein Ohr auf die Schienen der Gesellschaft legt, daher ja auch das geflügelte Wort vom aufgeschlossenen Ohr, da ist der Schnellzug etwas zu dicht am Ohr vorbeigeflitzt. Der moderne Maler ist daran zu erkennen, daß er ringt, mit der Farbe, meine ich, right or ring, my picture. Und der moderne Musiker ist ja nur aus seiner Zeit heraus zu verstehen, allerlei von zwei bis drei.

Wie alle diese schöpferischen Supergeister geben wir etwas einfacheren Menschen stets auf's neue unser Graphischstes bzw. unser Fotographischstes. Wir sind ständig, tagein, nachtaus, auf Motivsuche. Ich hätte da noch ein paar kleine Anregungen: Auf einem Marktplatz, mit Tauben, Sie kennen den Marktplatz, da wartet der moderne Mensch so lange, bis nur noch eine Taube dasitzt. Dann erst knipst er: große Fläche, eine Taube, Weltende. Sehr hübsch ist auch folgendes: Durch den Seitendurchgang einer alten Kirche den Namen einer modernen Nachtbar, beispielsweise namens Lido, zu fotografieren. Transparenz auf Schritt und Trott. Kinderspielplatz: Auf einer Bank ein durchwirkter Greis. Das Ganze über den Sandkasten quer geschossen. Geheimnis Leben, Biologie festhalten, ewiges auf und ab, Stirb und hin und her... Auf Helgoland sind's die Möwen, die zum modernen Menschen sprechen. Kampf ums Dasein, Gesetzmäßigkeiten, Echtheitsdurst, Engagement, Linsenwahrheiten.

Dagegen etwas ganz Einfaches: der Bauer auf dem Felde. Wie er so gesund und sicher dahinschreitet, Symbol des Optimismus, der Schnitter, die Säfrau. Der Bauer, was mag sich aber hinter seiner Stirn abspielen, ob er an seinen Lebensnachmittag denkt? Wer weiß das? Wer weiß das? Sehn sie, und dieses: »Wer weiß das« in Gänsefüßchen, sollte in einem jeden guten Foto enthalten sein. Zwischentöne, meine Damen und Herren. In der Literatur würde man sagen, man muß das Foto offen lassen.

Sehr schön ist auch zum Beispiel: Drei Schulbuben betrachten ein Kriegerehrenmal. Ein guter Fotograf ist selbstverständlich ein geduldiger Fotograf. Er wartet nämlich so lange, bis die Buben sich prügeln, erst dann knipst er. Warum? Dann hat er nämlich zwei historische Ebenen mit einer Klappe eingefangen. Alles kleine Käutners, Wickis und Fellinis. Der moderne Mensch legt sein Fotogerät natürlich auch in ein modernes Schränkchen. Das moderne Schränkchen steht in einem modernen Raum, Wände alle weiß, Rauhfaser. Der moderne Mensch geht ständig hin und her, stellt diesen Stuhl mal dorthin und jene schwedische Leuchte mal hierhin, um seinem Raum immer neue graphische Spannungen zu verleihen.

Er fotografiert inzwischen auch keinen Wald mehr, geschweige denn einen Baum oder gar einen Busch, nein er fotografiert nur noch die Rinde, weil er ja ganz vom Substantiellen herkommt. Nicht die Naturtotale, die totale Natur, sondern Natursignale, keinen Ferienbilderbogen, sondern Ferienfragmente, nicht der Blumengarten, sondern das Blütenblatt, dreimal vergrößert, bewußt unscharf, Unschärfe als Ausdruck, das alles macht des modernen Menschen Auge wirsch. Er schließt sich auch nie einem Fotografenrudel an oder einer Führung durch Pfahlbaudörfer oder einer Rollschuhfahrt durchs wilde Kurdistan oder einer Schnitzeljagd in Somaliland, nein, er bleibt Individualist.

Da hat er eine Häuserwand erblinzelt. Das Haus wurde 1659 gebaut. Er streicht ein paarmal mit der Hand über den spröden Verputz. 300 Jahre, sagt er schlicht. Dann sucht er sich eine sehr historische Stelle aus, ein Stück Wand aus Battenbrunn ob der Brisach (jenem malerischen Flecken, bekannt geworden durch die berühmte Salamanderschlacht im Jahre 1138, wo ja bekanntlich Heinrich der Hamster gegen Oskar den Frosch zog. Heinrich der Hamster sammelte ja damals alle Kreuz- und Hexenschußritter um sich, um die hereinbrechende Tungusengefahr abzuwehren, aber das nur am Rande), also ein Stück Wand aus Battenbrunn ob der Brisach. Und nun geht der moderne Mensch öfter in seinem Studio hin und her, er nennt nämlich sein Arbeitszimmer nicht schlicht Arbeitszimmer, sondern noch schlichter: Studio. Er geht also hin und her, hält sein Foto im Weltpostkartenformat in der Hand und sagt schließlich assoziativ: Wallenstein. Er schmeckt Geschichte.

Manchmal kommen abends Gäste: alles junge Leute, modern, weltoffen, aufgeschlossen, kurz: Menschen. Der Abend steht unter dem Motto: Ferienfresken 1962 von Aldo Heinrichs, so heißt er meinetwegen. Seine Freunde nennen ihn Al. Und dann geht's los: Projektionen aller Länder vereinigt euch: Rinde, Rinde von links, späte Rinde, Rinde verkantet, Blatt plus Laus, Laus minus Blatt, Blüte 62. Pflasterstein 62. Das geht so bis zwei oder drei Uhr. Dann steht ein anderer auf und verkündet: Kinder, wie ist es nächsten Dienstag bei mir, Ferien-Mosaik 62. Getränke bringt jeder selbst mit. Und Erdnüsse.

Jaaa, wir modernen Menschen sind ja fein raus, wir sehen ja alles das, was die unmodernen Menschen nicht sehn. Geht der moderne Mensch dann gen Abend in sein Bett, in ein Modellbett natürlich, und ist er dann endlich modern eingeschlafen, dann träumt er natürlich davon, daß er morgen mal rustikal essen wird, mit dem neuen Islandia-Besteck, Entwurf Holger Achterblaad, und übermorgen mit dem neuen Zinnteller, Entwurf Stag Bigerknud, beide Oslo, Grand Prix 59, Brüssel.

Sie sehen, ich komme wieder auf meinen Bauernpunkt, auf mein Ausgangszimmer zurück. Wir verknüpfen ständig das Alte mit dem Neuen, das Städtische mit dem Ländlichen, das Diesseitige mit dem..., wir haben eben diesen archaischen Komplex, diese Blockhaus-Struktur in uns, dieses Intellektuell-Kirgisisch-Gesteppte.

Unser aller Traum, Ziel und Sehnsucht ist doch immer noch die schon brüchige Moorkate in Schafswede (Künstlerkolonie), wo wir morgens um 5.25 Uhr bei strömendem Regen im Pelzmantel und mit Wasserstiefeln durchs morsche Tor treten, um übers Land auszustreunen, an der Hand die intellektuelle Ziege, die vierbeinige meine ich. Tja. Nun, so ist das auch bei mir. Da hängt auch über der alten Bauerntruhe ein moderner Stich, und in einem anderen Raum steht unter einem alten Stich eine moderne Schaukelliege. Und wenn man das alles so sieht, dann stimmt auch alles, und ich muß fast sagen: Ich weiß gar nicht, was ich gegen mich habe.

1956

Also ihr Lieben
Heute wollen wir wieder mal das
Wort zum Montag üben
Damit ihr keine intimen Probleme habt
Und damit auch alles schön klappt
Empfehle ich euch vor allen Dingen
Die folgenden Ratschläge mitzusingen:

Äpfel essen
Vorspiel verlängern
Nachspiel verkürzen
Größte Vorsicht bei Gewürzen
Ins Wadenbein pieken
Länger kalt duschen
Schwarzbrot gut kauen
Sich auch mal stundenlang auf die Finger hauen
Oder wie die Erfahrung lehrt
Auch alles mal völlig umgekehrt

Äpfel kalt duschen
Vorspiel verkürzen
Ins Schwarzbrot pieken
Wadenbein gut würzen
Länger heiß baden
Und beim Baden kräftig quieken
Nachspiel gut kauen
Und sich vorher auch mal tüchtig verhauen
Oder wie die Erfahrung lehrt
Diese Ratschläge sind nur bedingt was wert:

Denn Dings macht potent
Und Bums impotent
Lutscher machen lesbisch
Limonade frigide
Schokolade nymphomanisch
Apfelsinen homophil

Am besten kommt man immer noch so zum Ziel
Dicke lieben besser als Dünne
Radfahrer kommen schneller als Sänger
Fliesenleger können öfter als Bäcker
Apotheker verzögern besser als Gärtner
Und Protestanten sind im Dunkeln
besser als Katholiken im Freien
Um sich aber von allen Rezepten
Endgültig zu befreien:

Auch mal eine Blume ins Schamhaar flechten
Und wenn Sie das alles auf einmal möchten
In den Vervielfältigungsapparat einen Knoten machen
Und beim Nachspiel nicht lachen, bitte nicht lachen
Und wenn das alles partout nichts hilft
Sich auch mal ein Herz und eine Seele fassen
Und es einfach mal lassen, einfach mal lassen
Mal lassen mal lassen
Oder das Ganze von vorne anfassen:

Äpfel essen
Vorspiel verlängern
Nachspiel verkürzen
Größte Vorsicht bei Gewürzen...
Den Rest schenk ich mir und diesen Gesang
Denn wie wir's auch drehen und was wir auch machen
Das Dümmste bei diesen intimen Problemen
Das ist der Zwang
Der dreimal verfluchte
Gesetzlich verbuchte
Geschichtlich verruchte
Unmenschliche Zwang.

1974

Wie wir ja alle hinreichend wissen, gibt es in allen deutschsprachigen Ländern inzwischen schon so viele Liedermacher, so daß man bei einigen schon wieder von Liederkäuern sprechen kann. Im Fußball gibt es einen alten Spruch, der da lautet: Drei Ecken = Ein Elfmeter. Bei manchen Liedermachern kann man auch sagen: Drei Griffe = Eine Single. Ich beherrsche selbst zwar nur vier Griffe und drei Tonarten. Aber als Kabarettist ist das sozusagen schon wieder legitim.

Nun sind die Liedermacher ja schon seit geraumer Zeit nicht mehr nur Jäger, Forscher und Sammler. Sie sind, nun ja, auch noch unter die Archäologen gegangen, unter die Ausgräber. Sie graben im 18. Jahrhundert herum, im 12. und 13. Jahrhundert, denn es ist ja ungeheuer viel aufzuarbeiten. Sie graben ebenfalls im 15. und 17. Jahrhundert herum und wo immer sich ein antikes Nötchen oder Textchen sich unter einem ebenso antiken Steinchen befindet, setzen sie flugs den Preßluftbohrer an und siehe da, ein Volkslied nach dem anderen wird in neuer Verpackung selbstverständlich schöner von Tag zu Tag. So auch ich. Wollte sagen, ich habe mich auf dieser Szene auch etwas umgesehn.

Nun wimmelt es ja auch immer wieder von Jahreszeit zu Jahreszeit von sogenannten Festivals. Und jedes Festival hat wieder seine eigene Bandbreite und wenn es die Bandbreite des hinterkirgisischen Steppenliedes ist. Es gibt kein Festival ohne Bandbreite aber auch keine Bandbreite ohne ein Festival. Ich muß nächste Woche z. B. nach Knulpe. Da haben wir ein Festival von ganz neuartiger Bandbreite. Da ist es zum erstenmal so: Da singt das Publikum und die Sänger fragen. Alles open air natürlich bei Regen in der Kirche. Sie müssen sich das so vorstellen: Auf dem Podium stehen etwa 3000 Publikümer und singen und unten im Gras sitzen derweil etwa 40–50 Sänger! Wenn das Publikum ausgesungen hat, gehen dann etwa 3–4 Sänger an die berüchtigten Diskussionsmikrofone und fragen von unten nach oben – auch das ist neu – nicht immer von oben nach unten singen, sondern auch mal von unten nach oben fragen – und fragen das ausgesungene Publikum:

1. Was es denn mit seinem Gesang wolle?
2. Wie sich denn das Publikum selbst verstünde?
3. Welche Alternative denn das Publikum endlich anzubieten habe?
4. Was denn das Publikum für seine Gesänge bekäme? (Diese Frage wird oft auch gleich am Anfang gestellt)
Und 5. Das ist keine Frage sondern mehr eine Empfehlung: Das Publikum wolle sich doch wohl hoffentlich mit seinen Gesänge nicht nur selbst unterhalten, sondern wenigstens den einen oder anderen – das muß ein ganz armes Schwein sein – der eine oder der andere, alle dürfens nicht mehr sein, sondern nur noch der eine oder andere, eine Klammerpersönlichkeit, von oben bis unten mit Narben übersät, also wenn das Publikum nicht den einen oder anderen besinnlich-furchtbar nach Hause jagt, dann ist das ganze Gesinge für die Katz. Das wird also in Knulpe sein und sehr interessant werden.

Dann muß ich sechs Wochen später noch nach Angersleben, da gehöre ich eigentlich gar nicht hin, da treffen sich nämlich nur die Trommler. Und das Festival steht unter dem Motto: Kann man mit einer Trommel die Verhältnisse in Elberfeld verbessern oder muß man noch eine Harfe dazunehmen?

Nun war ich ja auch vor einiger Zeit auf dem großen europäischen Folklore-Festival in Sindelfingen-Süd und erhielt ja dort die Silberne Volksmundspange mit eingebautem Dudelsack. Und hier soll nun das kleine, einfache Liedchen folgen mit dem ich – auch für mich völlig überraschend diesen immerhin doch sehr begehrten Preis gewann:

Es waren drei Reiter
Die ritten im Tann
Sie ritten nicht immer
Nur so dann und wann

Dieses Lied – das muß ich noch hinzufügen – habe ich eigenhändig in unserem Garten, gleich links neben dem Komposthaufen, zwei Katzen waren Zeugen, in mehrtägiger Kleinarbeit direkt aus dem Volksmund herausgebrochen. Das Brecheisen ist zur Zeit in einer historischen Vitrine zu Osnabrück nach Absprache zu besichtigen. Über dem Land liegt nun die Maul- und Klauenseuche.

Es waren drei Reiter
Die brachen ein Herz
Zweimal im Jänner
Und einmal im März

Jetzt merken Sie sicher schon stellenweise die leichten irischen Elemente. Its Kesselflicktertime!

Rosenkohl Holderblüh
Jubilate Dulliö
Nonne mit Silberblick
Gesangbuch und Gonorrhoe

Oh, das ist nun zugegeben eine wirklich derbe Stelle, sehr peinlich, sehr peinlich. Aber Sie müssen das Lied halt aus der Zeit heraus verstehn. Außerdem kennen wir ja alle den schönen alten Spruch: Wo Derbheit sich mit Grazie paart, beginnt manch Edelmannes Fahrt.

Es waren drei Reiter
Die ritten sehr schnell
Sie ritten und ritten
Zumeist auf der Stell

Rosenkohl Halberstadt
Macht mich kein Haber satt
Hopsassa Beulenpest
Errare humanum est

Ob Du den Becher nimmst
Ob Du den Beutel nimmst
Ob Du den Beutel nimmst
Es geht vorbei

Weiß mir ein Blümelein
Weiß mir ein Krümelein
Weiß mir ein Stäubchen fein
Wird wohl das meine sein

Asche und Sympathol
Bibel und Alkohol
Dann noch ein Lebewohl
Weiß nit wohin

Es waren drei Schwäne...

Oh, Verzeihung, das ist ja ein ganz anderes Volkstier, wenn auch die Melodie die gleiche ist, weil der Komponist unbekannt blieb. Die nächste Strophe ist jetzt sehr wichtig, wenn nicht die wichtigste, weil ausgerechnet sie mir den begehrten Folklore-Preis in Sindelfingen Süd, wie schon gesagt, gewissermaßen in den Schoß zwang:

Geh ich in die Küch' hinein
Ist das Wohnzimmer ganz allein
Geh ich dann aufs Klo hinauf
Beleidigt ist der Keller drauf

Rosenkohl Dudelsack
Kirchweih und Schabernack
Branntwein und Pferdemist
Und dann die Galgenfrist

Ob Du ein Weiser bist
Ob Dich Dein Kaiser grüßt
Ob Dich der Volksmund küßt
Es geht vorbei

Ja das war ein Volkslied
Und wenn's Euch beliebt
Grabt doch eins aus
Und dann wird geübt:

Lalalalala lala
Lalalalala lala
Lalalalala lala
La la la laaaaaaaaaaaa!

1975

Suite

1. Satz Der König kommt

2. Satz Einsamer Wanderer in den französischen Wäldern des 14. Jahrhunderts

3. Satz Tanz von mehreren frustrierten Fischern

4. Satz Die Nacht, in der der Knappe Heinrich von Grüningens vergeblich versuchte, verschiedene Logarythmen ins Gregorianische zu transponieren

5. Satz Der König begrüßt die Prinzessin von der kleinen Wiese mit den großen Grübchen

6. Satz Iberische Einflüsse am Hofe Antons des VII.

7. Satz Einsame Wanderer in den französischen Wäldern des 15. Jahrhunderts

8. Satz Der König ist gegangen

1971

Siehst Du den Waldrand
Den gehst Du entlang
bis an den Fluß
Mit seinem steinigen Gesang

Am anderen Ufer beginnt dann das Moor
Das wie du weißt
Man in sieben Stunden durchquert
haben muß

Und gegen Morgen erreichst Du dann die
ausgestorbene Kleinstadt
Wo noch die Schaukelstühle auf den Veranden sich
wiegen
Wo noch die Pappeln im Winde sich krümmen
Und sich Dein Schatten im Staube verflattert
Und Du erinnerst Dich:

An den Schuster mit seinen ewig bügelnden
Schwestern
An den Küster mit seinem alles besser wissenden Sohn
Und an den kleinen schmutzigen Laden
Mit Lakritz und Studentenfutter
An den Notar mit seinem aufrechten Gang
An die schöne Frau Jansen die auf und davon ging
An die Kleinbahn die über die Wiese beim Gaswerk fuhr
An den elitären Herrn Medizinalrat
Und an die Schrödersche Fabrik in der manchmal
Die Mädchen turnten
An den kleinen Herrn Lindberg mit seinen spanischen Augen
In der Konditorei in der nur die feineren Leute verkehrten
Gegenüber vom kleinen Marktplatz
Auf dem im September die Schiffschaukel stand
Nicht weit von der Kneipe in der die Beamten
Sich schnell zwischendurch ein kleines Bier
Einverleiben

Und Du erinnerst Dich
An den schmalen Dentisten der für ein
Gehacktesbrötchen
Zähne entfernte

An den Friseur der alles noch mit der Hand schnitt
An die Orgelkonzerte sonntags um fünf
An die Butterfrau aus dem Nachbardorf
An den mutigen Pfarrer der direkt aus Amerika kam
An die Milchglasscheiben des kleinen
Operationssaales
Nicht weit von der Molkerei
Und an die sogenannten einfachen Leute
Die in der sogenannten Siedlung lebten
An den Gelegenheitsfuhrmann der mal Briketts
Und mal Rüben von Hülsdonk nach Friemersheim fuhr
Und Du erinnerst Dich an all diese Menschen
Heute schon zweimal eingeebnet
An die Näherin mit dem kranken Kopf
An den Gemeindeinspektor der sich das Leben nahm
Und an den dicken Holtmann der in der Tanzstunde
Das Klavier bediente

Und Du gehst weiter bis zu dem grünen Haus östlich
vom Bahndamm
Da wo früher die Trinkhalle stand
Denn man erwartet Dich
Und Du gehst
Und die Türen werden von innen geöffnet
Denn dort sitzen sie alle und sind emsig damit
beschäftigt
Sich gegenseitig zu grüßen
Und aus Witwenschleiern Girlanden zu drehen
Und wenn sie Dich sehen
Dann beginnt das große Kleinstadtspiel das man erst
im zweiten Leben
Erlernen kann:

Da ist der Schuster der Doge von Venedig
Und der Notar der Herzog von Ajou
Die schöne Frau Jansen und der kleine Herr Lindberg
haben am Nordpol ein Rendezvous
der Dentist spielt die Orgel und stellt sich Dir vor:
»Ich bin Friedemann Bach mit dem kleinen Mann im Ohr«

Und die Mädchen aus der Schröderschen Fabrik
Verfolgen Dich mit ihrem Silberblick
Und daß es Dich nicht wundert
Es sind Kurtisanen aus Antwerpen
17. Jahrhundert

Und der Küster sitzt in einem weißen Schlitten
Dirigiert von dort die spanische Armada

Der Friseur hat seine Haare auch schon lang nicht
Mehr geschnitten
Und kommt jetzt auf Dich zu:
»Mit Verlaub
Ich bin der den Sie schon lange suchen«
(Sagt er stotternd)
»Herzog von Burgund
Wenn Sie wollen auch noch Graf der kleinen Täler mit
Den roten Buchen
Ihr versteht«

Und die kleinen Leute sprechen jetzt »perfekt« Französisch
Haben Spiegel in der Hand und begrüßen Dich
Und der Pfarrer nimmt ein altes Foto von der Wand
Und der Fuhrmann und die Butterfrau vermählen sich

Aus der Tapete tritt jetzt der Inspektor
Der sich einst das Leben nahm
Er verbeugt sich vor der Näherin
Die bisher sehr scheu und zahm
Doch jetzt hat sie sich erhoben und sie spricht:

»Ich bin Elsa von Brabant
Und wir haben Sie erwartet
Ich ernenne Sie zum König von den flachen Wiesen
Eingeschlossen Kräuter und verschiedene sanfte Hügel«

Und der Pfarrer der sich Richard Löwenherz
Jetzt nennt
Überreicht Dir dann das alte Foto
In der linken Ecke bist Du schwach zu sehen
Noch als Bub grimassenschneidend
Und der Fuhrmann und die Butterfrau umringen Dich
Und der Fuhrmann sagt:
»Dieser Ausdruck ist entscheidend!«
Und die Butterfrau entpuppt sich dann als
Hedwig von den grünen Auen
Und der Fuhrmann hat sich eine Krone aufgesetzt
Und spricht:
»Entschuldigt Sir
Wir sind im Kopfe alle leicht verletzt«
Darauf lachen alle und der Schuster spricht:
»Sei gegrüßt mein König von den flachen Wiesen
Und verlaß uns nicht!« –

Und nach 3 mal 24 Stunden
Kommst Du dann zurück
Über Moor und Fluß und dann das letzte Stück
Da am Wald entlang
Und es steht in Deinem übernächtigten Gesicht:
Geh besser nicht! Geh besser nicht!
Nie mehr zurück! Nie mehr zurück!

Doch wie Du Deinen Kopf auch drehst
Ich weiß:
Du gehst.

1964

der gerechte mensch übersieht den menschen
der ungerechte mensch
übersieht den gerechten menschen
der mensch bekommt den gerechten menschen
und den ungerechten menschen zu spüren
der gerechte wird ungerecht
der ungerechte wird gerecht
so wie der gerechte ungerecht wird

recht und unrecht werden begangen
objektiv
sachlich
leblos
lieblos
auf dem rücken des menschen ausgetragen

die gerechten und die ungerechten rufen:
recht so!
recht geschieht ihm!
recht hat er!
richtet ihn!

weil aber die liebe nicht sein kann
hat man das recht
und das unrecht
und das ungerechte recht
und das gerechte unrecht
und das ungerechte unrecht
und das gerechte recht

weil man die liebe nicht nach dem winde drehen kann
rechtet man
wer ist man?
richtet man
wer richtet?
der gerechte mensch und der ungerechte mensch
den menschen

1962

Bade in Germany, bleibe gut bürgerlich. Zieht's auch den Bildungsreisenden nach Hohenstaufenart immer noch an römische Brunnen oder sogar bis Hispanien, manche tragen auch Säulen bis nach Athen, weiter noch, alle haben was nachzuholen in sensationeller Geographie. Wenn du heute nicht sagst, ich war in Ibiza oder in Tripolis, stutzt man.
Was? Kein Bungalow-Mensch sind Sie, Sie geh'n nach Bad Tingelbach? Gibt es da Menschen?
Glauben Sie mir, in einigen Jahren sind wir alle so krank: Pizza und Pußta, griechische Mönche und spanische Stiere, alle längst überholt, dann entdecken wir Leber und Rheuma, Magen und Darm, Krückstock und Leibarzt.
Nein, laß dir Saison beibringen, bade doch mal in Germany, wenn's auch schwerfällt. Da triffst du Engländer, Schweden, Franzosen, denn die wollen ja auch mal was anderes sehen, nämlich Dich, den gebildeten Deutschen, den Goethe-Schiller-Vertreter, aber du bist ausgerechnet dann auf den kanarischen Inseln. Ja, so kommen die richtigen Menschen natürlich nie zusammen.

1962

Die Städte haben auch nicht gehalten was sie versprachen
Alle Religionen liegen am Boden
Die Wälder wachsen in die Flüsse hinein
Schon seit Tagen werden überall die Fenster geschlossen
Ich liege auf einer Kellertreppe und horche in die nichtssagende Nacht
Keine Bewegung denke ich immer wieder
Ganz tief unten wird eine Tür aufgeschlagen
Eine Stimme ruft Mutter Mariechen an
Ich schwimme in merkwürdigen Mischungen
Alkohol und Trauer
Orgelübungen hatten auch nicht geholfen
Der Befreier ist nicht über und nicht unter uns
Weggeflogen abgehakt liederliche Laudatio
Als ich noch mit meiner schäbigen Violine durch das Gestrüpp Skandinaviens zog
Und mir dann und wann ein paar Töne ins Gehör brachte
War noch Glanz und Gloria um mich
Wenn sich auch schon alles verschoben hatte
Die Magengegend war immer ast-rein und das Herz hatte keine Schrammen
Ja da war noch Tamtam und keiner wollte es wahrhaben wollte es wissen
Daß es aufhört daß es immer stiller wird
Ich erinnere mich noch an die vielen Plakate
Enorme Köpfe und Krawatten waren darauf und selige Worte

Aufwärts sangen die Kinder es geht aufwärts
Jetzt werden wieder Fenster zugeschlagen
Die Familien sind in Unruhe
Der Lieblingsonkel und die Lieblingsschwester
schlagen die Hände über dem Kopf zusammen
Du mußt dich nicht immer in den verlorenen Vierteln
herumtreiben denke ich
Rettet die Fantasie habe ich immer gesagt
und rettet die Trauer
Der Wintersport hat mich nie angezogen
Aber beim Grunde gepackt war ich doch schwach und
erbärmlich
Sozial gesehn hätte ich zwar meinen Teil geleistet
Hat mir mein krankes Gewissen bestätigt
Aber die Tiere und Pflanzen hätten mich schon vergessen
Ich muß wohl auf dieser Kellertreppe liegen
die zum Varieté Paradiesvogel führt
Keine Bewegung denke ich immer wieder
Denn wenn ich mit der linken Hand über
die rechte Hand fahre
Spüre ich verkrustetes Blut und das tut nicht gut
Und keine weiße Fahne und kein Der Herr ist mit dir
Immer nur weg und vorbei
Die Schaufel über die Schulter und in den Schnee
gespuckt und in die Eingeweide gesehn
Tief unten wird die Tür wieder aufgeschlagen und eine
Stimme ruft Mutter Mariechen an
Danach das Orchestrion mit dem Walzer in F
Ich weiß die Reihenfolge nicht mehr
Erst die Geburt und dann der lange Abschied
Oder erst die hilflosen Männer in der Ecke mit dem
obersten Hemdenknopf auf

Und mit der rechten Hand gegen die Wand gestützt und der linke Arm hängt in der Luft
Und alle murmeln als lägen sie auf dem Schlachtfeld
Als ich noch in den flandrischen Dörfern die Bauernmädchen zum Tanze beflügelt
War das jedenfalls so
Sollte es mir doch noch gelingen den Körper zusammenzureißen
Den Kopf in die Hand zu nehmen wie die Unternehmer so sagen
die Beine nicht in den Schoß zu legen
Dann ist mir kein Glück zu klein und kein Leid zu groß
Die Fenster sind nun schon alle zu
jetzt werden die Türen vernagelt
Ich kann meinen Mantel unter mir wegziehn
Ich sollte noch einmal den Kopf erheben
das was ich immer am liebsten getan habe
Den Kopf erheben die Augen weit öffnen lächeln
Ich weiß nicht mehr wie ich heiße
ob Ebersbronn oder Ebersbach oder Ebersbruch
In den Vorgärten springen schon die Wölfe
Manchmal höre ich Pferdegetrappel
Das ist gut so
Und all meine Lieben werden mich aufnehmen als wäre nichts gewesen
Kein Heil keine Hoffnung keine Erlösung
Wirklich nichts.

1970

Kennst du diese plötzlichen Sekunden
Wenn dir einfällt, daß du sterben mußt
Siegessicher gehst du durch die Stunden
Doch auf einmal wird es dir bewußt

Und du fragst dich wie das wohl gehn wird
Welches Wort als letztes Wort du sagst
wer zuletzt an deiner Seite stehn wird
Ob du tapfer oder ob du klagst

Denn bald ist Obduktion im Café Größenwahn
Schnell die nächste Leiche auf den Tisch
Dann wird aufgemacht
Und dann wird nachgedacht
Dann wieder zugemacht
Und sich kaputt gelacht:

Denn in jeder Leiche ist ein Kind versteckt
Das nach Zukunft fragt
Und nach Frühling schmeckt
Und sich dann erschreckt

Ja in jeder Leiche ist ein Kind versteckt
Das nach Zukunft fragt
Und nach Frühling schmeckt
Und sich dann erschreckt

Und dann kommen all die flotten Leute
Rufen: Hören Sie doch damit auf
So ein Quatsch, denn heut ist schließlich heute
Kommt, wir machen schnell noch einen drauf

Und dann findet man noch einen Frühstücksrest
Vom Oktoberfest
Der sich sehenläßt
Herr, war das ein Fest

Und dann findet man noch einen Frühstücksrest
Vom Oktoberfest
Der sich sehen läßt
Herr, war das ein Fest

Und dann kommen auch die großen Tröster
Mit den neusten Plänen in der Hand
Dann wird diskutiert
Und dann wird reflektiert
Und danach konstatiert
Daß man dich angeschmiert

Und dann findet man noch einen Augenblick
Eine Spur vom Glück
Und ein Silberstück
Doch das liegt weit zurück
Und dann findet man noch einen Trennungsgrund
Zwischen Herz und Mund
Ziemlich schmal und wund
Doch sonst war er gesund

Ja, kennst du diese plötzlichen Sekunden
Wenn dir einfällt daß du sterben mußt
Siegessicher gehst du durch die Stunden
Doch auf einmal wird es dir bewußt

Und du fragst dich wie das wohl gehn wird
Welches Wort als letztes Wort du sagst
Wer zuletzt an deiner Seite stehn wird
Ob du tapfer oder ob du klagst

Denn bald ist Obduktion im Café Größenwahn
Schnell die nächste Leiche auf den Tisch
Dann wird aufgemacht
Und dann wird nachgedacht
Dann wieder zugemacht
Und sich kaputt gelacht:

Denn in jeder Leiche ist ein Kind versteckt
Das nach Zukunft fragt
Und nach Frühling schmeckt
Und sich dann erschreckt
Und sich dann erschreckt
Und sich dann erschreckt
Und sich dann erschreckt...

1973

Satirikers Kleider hängen im Schrank und warten auf ihren Auftritt. 1950, sagt der alte Nicki-Pullover, da hat er mich oft präsentiert, selbst auf Bällen und Tanzveranstaltungen, wo die Damen in lang und die Herren mit silbernem Schlips ihre Pflichttänze drehen, hat er mich getragen.

Naja, sagt die alte Cord-Hose, damals hat ja auch noch niemand was gesagt. Aber 1952, erinnere ich mich, kam ein Herr auf ihn zu und sagte: Ich habe da noch einen schönen guterhaltenen dunklen Anzug, den lasse ich Ihnen gern auf meine Kosten etwas ändern, es ist doch vielleicht besser, lieber junger Freund, wenn Sie bei solchen Auftritten einen dunklen Anzug anziehen.

Ja, sagte der alte gut erhaltene dunkle Anzug, er hat mich tatsächlich getragen, denn es ging ja damals an solchen Abenden für ihn um 15 Mark, manchmal um 20 Mark, einmal um 50 Mark, er konnte es kaum fassen.

Aber, sagt da ein roter Schalkragenpullover, mich hat er am längsten getragen, obwohl er mit mir so manchen Volkshochschulleiter schockiert hat, mich hat er am längsten getragen.

Er hat immer überlegt, sagt der dunkle Anzug, was er anziehn sollte, wie lang hat er oft vor unserem Schrank gestanden, er hat immer überlegt.

Das ist wahr, sagt der rote Pullover, aber mich hat er von 1956 bis 1962 getragen, egal was das Publikum dachte.

Moment, ruft da ein noch selten getragener Smoking, mich hat er 1961 extra gekauft für ein Rektoratsfest, nachdem er bei einem anderen Rektoratsfest mit dir so reingefallen war.

Stimmt, sagt der rote Pullover, stimmt genau, ich will ja hier die Uni nicht nennen, aber es muß ihn sehr verletzt haben, die Leute verließen reihenweise den Saal.

Ja, sagt der Smoking, er trägt mich ja nicht so gern, aber bei solchen Anlässen bin ich doch eine Erleichterung für ihn, selbst die besonders feinen Leute hören wenigstens die ersten 10 Minuten zu.

Dann hat er ja eine zeitlang einen Anzug mit Weste getragen, sagt die alte Cord-Hose, er wollte so sein wie die Leute unten im Publikum, ganz geschickt sowas.

Aber er hat doch gar keinen Sinn für Image-Bildung, sagt der rote Pullover, ich war für ihn ein richtiges Firmenzeichen, wenn die Leute mich sahen, sagten sie gleich, ach, das ist doch der Künstler, der immer den Mund so kraus macht.

Nanana, sagt da der dunkelblaue Anzug mit Weste, nun seid mal nicht betrübt, mich hat er ja dann 1967 auch wieder ausrangiert, obwohl ich ihm
ganz gut stand, und seine Frau fand mich auch sehr schön. Im Augenblick, sagt der alte Nicki-Pullover, trägt er ja alles durcheinander, obwohl, er hat sich neulich, wie heißen die Dinger, ein paar Bluejeans gekauft. Ha ha ha machen alle, Bluejeans. Dann besteht ja vielleicht noch die Aussicht, sagt der veränderte dunkle Anzug, daß wir alle in schöner Abwechslung nochmal drankommen. Das glaube ich nicht, sagt der rote Pullover, er kann es sich jetzt leisten.

Ich glaube vielmehr, sagt die alte Cord-Hose ein bißchen neidisch, aber auch ein bißchen stolz – ich glaube vielleicht, daß – wie soll ich es ausdrücken – daß die Zeit der Anpassung bei ihm vorbei ist und er nochmal ganz von vorne anfängt.

Wenn das man gutgeht, sagt der Smoking, wenn das man gutgeht, ich habe da neulich auf seinem Schreibtisch eine Einladung für ihn gesehen, eine Einladung zu einem Gesellschaftsabend anläßlich einer Philologen-Woche, wetten, daß er mich anzieht, sagt der Smoking, wetten, es wird kein einfacher Abend für ihn.

Wißt ihr was, sagt der dunkelblaue Anzug mit Weste, wir sollten alle incognito hingehen und eine unsichtbare Claque für ihn sein. Das hat er doch gar nicht nötig, sagt der rote Pullover.

Aber ich, sagt der Smoking, aber ich, was meint ihr, was er schwitzt an einem solchen Abend, und ich krieg das alles ab, was er schwitzt, wenn da unten die Gesellschaft Gesellschaft spielt und er oben den Spaßvogel macht.

1961

Es wird gebeten, die Konzerte der Kurkapelle nicht durch laute Unterhaltung zu stören. Dieses ist einzusehen. Also flüstern die meisten. Aber ich habe auch Leute gesehn, die schlafen, selbst bei Sarasates Zigeunerweisen. Die aber, die die Programmfolge von oben nach unten eifrig herunterlesen und selbst Sarasates Zigeunerweisen mit den verschiedenen Grafen von Luxemburg verwechseln, überhaupt alles für ein und dasselbe Stück halten, sind eigentlich die Glücklichsten, denn sie wissen nicht, was sie hören. Hinter mir flüstert Frau Mathilde Mevissen, 55, Kolonialwarenhändlerin aus Duisburg, zu ihrem Mann Fritz, 58, Gallengeschädigter, ebenda: Fritz, komm wir gehn, das »Largo« von Händel kommt heut doch nicht mehr dran.

1962

Wenn der Abend durch den Schornstein fällt
Und die Leute brav nach Hause gehn
Flitz ich oft in schnellen Zügen durch die Gegend
Sehe fremde Städte
Lichtermarmelade
Abende mit wechselnden Tapeten
Schlafend dösend manchmal überlegend
Kopfzerbrechen
Was sich hinter all den vielen Wänden abspielt
Was man tut und was man läßt
Dekadenz und Konsequenz
Lachen fluchen Bier bei Fuß lesen lügen beten
Du und Dir Mein und Dein ich und mich
und mal miteinander sprechen
Letzten Endes: Insuffizienz
Ringen um die Leichtigkeit
Singen Krankheit
Auf dem Tisch stehn noch die Reste
Andrerseits Geräuschkonserve Monumente und
Betäubungsfeste

Und ich fahre durch den Spuk
Sehe wie sie Schularbeiten machen
In den Gärten um die Blumen wandeln
Manche schon am Stock
Manchmal Hand in Hand sich zusammenraufen
Durch die Zimmer mit den Kindern laufen
Oder mit dem Nachbarn übers Wetter handeln
Und dann möcht ich aus dem Zuge springen
Wenn der Abend durch den Schornstein fällt
Und die Leute brav nach Hause gehn
Und beisammen sind
Dann beneid' ich sie.

1965

Auf dem Marktplatz von Antwerpen
Dort wird morgen in der Früh
Ein Mensch versteigert
Ein etwa 60jähriger Mensch
Mit dem Aussehn eines Knaben
Nun, wer bietet mehr!?
Spanier, Griechen, Schweizer, Schwaben
Und die Frage lautet: Wer von Euch
Wer von Euch will ihn haben?

Es stehn Sonderzüge schon bereit
Charterflüge, Omnibusse jederzeit
Für dieses Volksvergnügen
Warum nur nach Mallorca fliegen?
Also auf, ihr Leute, macht euch fein
Jeder will doch sicher gern der Erste sein
Wenn der Hammer fällt
Und es wird ein Mensch gestellt
Wie ein Hase auf dem Feld

Er ist weder Kommunist noch Anarchist
Er ist weder Atheist noch Christ
Ein simpler Durchschnittstyp
Nun, wen reizt so was, wer hat ihn lieb?
Er ist treusozial und asozial
Er ist groß und dick und dünn und schmal
Ein passiver Aktivist
Kurz: ein Stück Mist

Er ist homophil und stinknormal
Hochlabil und dennoch kollegial
Kalt und sensibel
Liest Karl May und dann die Bibel
Er ist schwarz und gelb und weiß und rot
Frißt genau wie du sein täglich Brot
Aber schlingt dabei
Schlürft und singt dabei
Tanzt und springt dabei

Seine Zähne sind zum Teil noch schön
Doch der Unterkiefer ist schon braun und grün
Denn er schluckt den Schnaps
Seit der Mühle mit dem Klaps
Er ist faul und fleißig durcheinand
Das was rechts ist macht er mit der linken Hand
Mit der rechten Hand
Das, was links gemacht

Er ist Utopist und Fatalist
Depressiv, dann wieder Futurist
Ziemlich frech und frei
Aber menschenscheu
Er ist stockkonservativ und radikal
Küng und Papst und alles auf einmal
Bis der Schädel bricht
Total verwahrlost
Ohne Wurzeln, wenn er spricht

Andrerseits erfüllt er seine Pflicht
Moralist sein will er aber nicht
Weil er als Nackter
Keinen Charakter
Er versucht verständlich sich zu machen
Kramt in diesen und in jenen alten Sachen
Aber nichts als Bruch
Durch den Widerspruch

In den Städten war er eine lange Zeit
Lief dann in die Wälder und war hocherfreut
Einen Baum im Rücken
Aber Bildungslücken
Lief dann im Gebirge auf und ab
Sprang auf Friedhöfen von Grab zu Grab:
Hier ruht Dr. Alfons Beck
Lassen Se doch den Doktor weg

Sein Humor ist ebenfalls nicht mehr von Dauer
Ständig liegen schwarze Wolken auf der Lauer
Ihn zu verbittern
Bei Gewittern, seit den Müttern
Überdies ist er schon reichlich schizophren
Mensch und Dinge nur noch von der Seite anzusehn
Als ihr Diener
Und Kapuziner

Er ist alles alles, nur nicht das
Alles zwischen Haß und Liebe, nur nicht das
Was jeder aus ihm machen will
Roboter aus Chlorophyll
Soll er tragisch oder komisch sein
Glücklich oder traurig, nein
Es heißt dressieren
Kontrollieren

Also gut, ihr Leute, macht euch fein
Jeder will doch sicher gern der Erste sein
Wenn der Hammer fällt
Und es wird ein Mensch gestellt
Wie ein Hase auf dem Feld
Werft den ersten und den letzten Stein
Oder ladet ihn in eure Zwinger ein
als Menschensohn
Und singt: Das kommt davon, tja, das kommt davon
Tja, das kommt davon!

Auf dem Marktplatz von Antwerpen
Dort wird morgen in der Herrgottsfrüh
Ein Mensch versteigert
Ein etwa 60jähriger Mensch
Mit dem Aussehn eines Knaben
Und die Frage lautet: Wer von Euch
Wer von Euch will ihn haben
Will ihn haben?

1976

Wenn er das gewußt hätte
Daß das Leben so abwechslungsreich ist
Daß das Ende dem Anfang nicht gleich ist
Wenn er das gewußt hätte
Wäre er lieber ein Berg geworden
Im hohen, im kalten Norden.
Läge er lieber als Sphinx im Sand
Wäre er lieber ein Baum, um den man herumgehen muß
Wäre er lieber ein transkaukasischer Fluß.
Säße er lieber in Dörfern, die leer und stumm,
Läge er lieber als Wolke, die vor dem Golfstrom flieht
Über ganz milden Hügeln, die man von oben nicht sieht
Wenn er das gewußt hätte.

Geburt und Geschrei
Schlange und Apfel im Schöpfungsei.
Kriechtier und Kräuter
Mensch sei doch heiter.
Kruste und Kind
Schnapslabyrinth.
Heilung und Hoffnung
Wüstenwind.

Strömung und Strampeln
Nach Wurzeln aus Alpha und Gamma und Pi
Fragt sich nur wie.
Wenn er das gewußt hätte
Wäre er lieber ein Draht dessen Ende
Man selbst in der Post von Damaskus nicht fände
Ein Fallschirm der aufgeht und doch niemals landet
Als Regenbogen in den Gärten von Kairo versandet.
Wenn er das gewußt hätte.

Urschlamm und Brei
Seuchen und Sieger
Kroppzeug und Krieger
Elefanten und Ziegen und Kirschen für Rom
Kreuzzug und Krüppel und christlicher Dom.
Insekten und Sumpf
Eiweiß und Philosophie
Aufklärungsstrategie.
Menschen und Mäuler gestopft mit Hunger und Haß
Ab damit Gras drüber Zukunft macht Spaß.

Wenn er das gewußt hätte
Ginge er lieber am äußersten Horizont
Als Kreuzworträtsel mit lieblichem Ausgang
Bewaffnet mit einer rustikalen Harmonika
Wäre er lieber ein Mikroskop geworden
Durch das man nichts sieht
Wäre der heilge Grand Canon sein Bruder.

Aber: Sklaven an die Galeerenruder
Illusionen und Standgerichte
Das ist die ganze Geschichte.
Menschenverbrennung mit Metaphysik
Schuß ins Genick
Dazwischen Revolutionsmusik
Kybernetik und Kunst
Lungen voll blauem Dunst
Blümchen pflücken
Für Veteranen an Krücken
Treffen und Trunk
Neandertaler mit Einschußloch
Aber schön war es doch.

Wenn er das gewußt hätte
Wäre er lieber ein Berg geworden
Im hohen, im kalten Norden
Läge er unbeweglich im Eise
Sähe des Menschen vergebliche Reise
Säh seinen alten verzweifelten Blick
Sähe sein Finden Verlieren und Suchen
Sein Aufwärts sein Abwärts sein Vor und Zurück.

Immer im Kreise mit Sprüchen und Fahnen
Auf unsren Schultern die Weisheit der Ahnen
In unsren Gliedern die Krankheit der Kinder.
Vor uns marschieren die Zukunftserfinder
Und teilen die Zwischenergebnisse mit –
Immer im Kreise mit gläubigem Schritt.
Computer und Botschaft von andren Planeten
Wir werden gebeten zu beten und treten
Mensch komm nach Hause und ruhe dich aus
Es sitzt schon der Abend auf deinem Haus.

1971

Schmetterling kommt nach Haus
Kleiner Bär kommt nach Haus
Känguruh kommt nach Haus
Die Lampen leuchten
Der Tag ist aus

Kabeljau schwimmt nach Haus
Elefant läuft nach Haus
Ameise rast nach Haus
Die Lampen leuchten
Der Tag ist aus

Fuchs und Gans kommen nach Haus
Katz und Maus kommen nach Haus
Mann und Frau kommen nach Haus
Die Lampen leuchten
Der Tag ist aus

Alles schläft und alles wacht
Alles weint und alles lacht
Alles schweigt und alles spricht
Alles weiß man leider nicht
Alles schreit und alles lauscht
Alles träumt und alles tauscht
Sich im Leben wieder aus
Es sitzt schon der Abend
Auf unserem Haus

Schmetterling fliegt nach Haus
Wildes Pferd springt nach Haus
Altes Kind kommt nach Haus
Die Lampen leuchten
Der Tag ist aus.

1974

Da bieten Dir gescheite Männer
Geheime Tips und pralle Pläne an
Sie hängen ihre Schnauzen in Dein Ohr
Und schlagen Dir als ausgekochte Menschenkenner
Die neuste Glücksmethode vor
Sie boxen Dir die Schulter weich
Und zischen: Sie sind unser Mann.
Am Nebentisch sagt ein Genie
Die Problematik ist doch die
Die Frage ist doch einfach ob –
Sie fallen wie die Engel über dich
Verwandeln dich in eine scheue Kröte: –
Goethe
ist doch Scheiße
und der ist überwunden und das ist überwunden
bei ihrer Rationalität
So geht es Stunden stundenlang
Es tut sich was
Natürlich nicht von heut auf morgen aber immerhin
Sie greifen wie ein Kran nach meinem Kopf
Man kann nicht ewig drüberstehn sagt einer
und meine Augen werden immer kleiner
ich kenne das
und plötzlich stichts in meiner linken Schulter
Das Herz
Die alte Strahlung.

1965

Veranstaltungsleiter laufen ständig herum, leiten gleichzeitig noch den Verschönerungsverein, telefonieren gleichzeitig mit Manfred Hausmann und Mathias Wiemann, stehen mit einem Fuß in der Blume von Hawaii, mit dem anderen Fuß auf dem Bahnsteig, um den Herrn Kammersänger Hartmut Schmelz-Reckenbach zu empfangen. 16 Karten sind schon verkauft. Denn heute abend ist gleichzeitig noch offenes Singen, seit langem beliebt und geleitet von Frau Lehrerin Tamara Klotz, die gleichzeitig noch Schach- und Bridgekurse betreut.
»Wir wollen hier ein lachendes und ein weinendes Auge zu Wort kommen lassen«, sagt der frisch gebadete Veranstaltungsleiter Dr. rer. pol. Arno Heidkamp mit Hohenzollerncharme. Über dem Schreibtisch: Leiden gibt dem Gemüt doppeltes Streben und Kraft, Goethe. »Wir können's natürlich nicht allen recht machen, schreien die einen nach Joseph Plaut, schreien die andern nach Catarina Valente. Unsre Aufgabe: Leib und Seele zusammen zu halten.« Tja, Veranstaltungsleiter haben's nicht leicht. Kultur ist eben ein schweres Geschäft. Und wer kann es sich heute schon leisten, darauf zu verzichten, geschweige denn, nur für 4 Wochen, darauf zu pfeifen.

1962

Ich sitze gern in einer Kneipe und höre zu:
Allerweltsdialoge. Uralt.
Ich gehe gern durch einen grasgrünen Wald und höre die
Vögelein singen. Urjung.
Ich stehe oft auf einem Bahnsteig und sehe zu:
Abschiedsgesten. Winken.
Das ist der Paukenschlag, der mich denken macht:
Der langsam kleiner werdende Zug und der auf der
Stelle wippende Schaukelstuhl.
Die eingeebneten Gräber und das Krähen der Säuglinge.
Dazwischen der ganze Schöpfungsabfall, das, was dem
lieben Gott nicht so ganz gelungen ist.

All das sehen, hören, schmecken, schlucken, begreifen
und verstehen lernen,
Verlernen und erneut lernen, alte Dinge,
altes Leben so zu spüren,
Daß aber auch kein »Urteil« übrigbleibt.
Die Dichter sollen mein Gehirn so leicht machen,
daß ich meine Füße nicht spüre
Und meinen Stammplatz unter den alten Leuten erreiche.
Mein Großvater war ein Gelegenheitsfuhrmann
Er sprach auch nicht viel.
Dies scheint mir eine gute Tradition.

Ich habe immer versucht
Die Erhabenheit der Bäume
Die Unverwundbarkeit der Steine
Die Vorurteilslosigkeit der Flüsse
Und die Gelassenheit der Tiere
Zu erreichen

Aber es ist mir nicht gelungen.
Sie hat immer versucht
Die Erhabenheit der Bäume
Die Unverwundbarkeit der Steine
Die Vorurteilslosigkeit der Flüsse
Und die Gelassenheit der Tiere
Zu erreichen

Aber es ist ihr nicht gelungen.

1974

Touristen zu beschreiben, ist nicht mehr des Deutschen Sache. Zu oft hat der Germane mit Strohhut sein gedunsenes Arbeitsfrontgesicht her- und hinhalten müssen, um schreibenden und sprechenden Zeitkritikern täglich Brot zu geben.
Und doch, drehst du dich in einer kleinen entzückenden Kurstadt um und siehst plötzlich einem vollschlanken Omnibus ins Auge und es entsteigen nun dem fahrenden Untier, schön gemischt, Reisedamen und Herren, so weht den Einzelgänger Furcht und Elend des 3. Reiches an. Feuchtfröhlicher Stoßtrupp. Naturuntersuchung nach Leistungsprinzip. Alles riecht nach Reichssportabzeichen. In zwei Stunden fahren sie weiter, beladen mit Souvenirs, hoffentlich bleibt der Führer nüchtern.

1962

Was ich Sie vor Jahren schon mal fragen wollte:
Sind Sie eigentlich mit Ihrem Gesicht zufrieden?
Oder haben sie Mühe damit
Mühe damit Ihr Gesicht
Immer und immer wieder
Mit dem Bild das Sie sich von ihrem Gesicht machen
Ohne es meistens zu sehen
in volle Deckung in volle Übereinstimmung zu bringen
Möchten Sie nicht manchmal so aussehn
wie der oder die...
Und kennen Sie auch diesen flüchtigen
Blick in den Spiegel
so im Vorübergehn so beim Vorbeigehen
Und Sie entdecken dann für sich
eine gewisse Ähnlichkeit öh...
Mit Marlon Brando oder neuerdings mit Liv Ullmann
Und wenn Sie dann beim nächsten flüchtigen Vorübergehen
In den Spiegel schauen
ist die Ähnlichkeit weg – weg.

Oder haben Sie sich mit Ihrem Gesicht abgefunden?
Oder sagen wir mal
Haben Sie Ihr Gesicht nun so in der Gewalt
Daß Sie schon sagen können: Was soll's?
Oder sind Sie manchmal wenigstens
Manchmal immer noch dabei
Rabenmutter Natur zu korrigieren
Indem Sie Ihren ganzen Kopf zu Hilfe nehmen
Und Ihr Gesicht dann dadurch
also zusammen mit dem ganzen Kopf
Und Ihr Gesicht dann z. B. ein wissenschaftliches
Gesicht ist
Mit dem Sie
Obwohl Sie gar kein Wissenschaftler sind
dann aber doch im Großen und Ganzen zufrieden sind
Oder ist Ihnen das alles völlig gleichgültig
weil ja ganz andere Dinge auf dem Spiel stehen.

Nun
wir können uns unser Gesicht ja nicht aussuchen
wie wir uns alles nicht aussuchen können
Hände und Füße können wir uns beim besten Willen
nicht aussuchen
Kleidung können wir uns aussuchen
aber nicht Hände und Füße und so fort
Kleidung können wir wählen
Da können Sie sich entscheiden
Ob Sie nun Hosen mit breitem Umschlag
oder nur Hosen ganz ohne Umschlag tragen
ob Sie lieber kombiniert oder Ton in Ton
herumlaufen möchten
Sie können sich auch das eine oder andere Haar
Das Ihnen auf der Nasenspitze beispielsweise
allzu lästig fällt
mit einer Pinzette ausziehn
Das alles können Sie
Das alles können wir
Ich meine aber das
was wir uns nicht aussuchen können
und mit dem wir im letzten auch alleine sind
und absolut gar nichts machen können
Dabei ist das Gesicht ja eigentlich noch eine harmlose
Gegend
Ich möchte Sie nicht in die Enge treiben
Ich bin z. B. in der glücklichen Lage
mein holländisches Pfannkuchengesicht
nachträglich für mich so zu motivieren zu arrangieren
zu rationalisieren
daß ich nicht unbedingt wie Gary Cooper oder James Stewart
aussehen muß
aber zugegeben manchmal natürlich so aussehen möchte
Ich weiß wirklich nicht ob es Menschen gibt
die selbstsicher von sich sagen können:
Ich möchte so aussehn wie ich aussehe
(So siehste aus).

Ganz schlimm ist ja
wenn man sein Gesicht verliert
Das dauert manchmal Tage und auch Nächte
Und es ist gut dann alle Spiegel so zu verhängen
So wie man eine Staatstrauer verhängt
Denn man kann dann den Spiegel drehen und wenden
wie man will
Auf den Kopf stellen und ganz nah dran gehen:
Das Gesicht ist weg.
Entsetzlich.
Die Augen sehen aus wie geliehen
Die Nase hat nichts mehr Klassisches
Die Stirn gibt auch nichts mehr her
Erst ganz allmählich entdeckt man
Nach einer Woche etwa
Daß man jetzt öh
»ausdrucksreicher« geworden ist
Das Gesicht hat einen Sprung nach vorn getan
und man springt mit ganz automatisch
Man geht wieder so eitel-flüchtig an allen Spiegeln vorbei
guckt kurz rein und ruft:
Ich bin wieder im Einklang mit mir!

Zur gleichen Zeit aber flucht vielleicht die Nachbarin:
Mein Mund mein schöner Mund ist futsch
Und gegenüber sagt jemand vielleicht in seinen
Spiogol hinoin
d. h. sich ins Gesicht hinein:
Heute seh ich fast aus wie Detektiv Rockford
Obwohl er eigentlich mehr wie Danny Kaye aussieht
Aber der ist eben nicht seine Kragenweite
In Wahrheit könnte er aber auch ein Bruder von
Johannes Heesters sein.

Sie sehen
Wieweit wir uns manchmal auch von unserem objektiven
von unsrem sogenannten objektiven Gesicht entfernen
Ich meine z. B. immer
Ich sähe aus wie Amundsen kurz vor dem Südpol.
Im Ernst.
Dabei... naja.
Ich kann mir schon vorstellen daß man ein ganzes
Leben herumläuft
und meint
man sähe aus wie Gott weiß wie!
Und in Wirklichkeit sagen alle anderen:
Gott ich weiß nicht, also ich weiß nicht...
Dabei sieht ja jeder wieder alles nur tausendfach diagonal
und meist ja eben nur
die anderen und umgekehrt. –

Nun, vielleicht ist diese ganze Betrachtung von mir
auch mehr als müßig
Vielleicht ist Ihnen das inzwischen wirklich alles
völlig schnuppe
Und Sie sagen:
Das ist doch nicht entscheidend, entscheidend ist doch
einzig und allein,
das ist doch nun wirklich nicht...heute...da sind wir
doch längst...
Dann entschuldigen Sie bitte
Danke.

1976

Ja, potz tausend, wer hat es nicht, wer hat es nicht in sich: Das Bild vom Menschen! Wer trägt es nicht ständig mit sich und mit anderen herum? Wer stellt es sich nicht täglich vor sich hin, auf den Schreibtisch, auf den Nachttisch, auf den Küchentisch und sagt laut: Das ist es! Das Bild vom Menschen! Das müssen wir haben! Und wer kennt es nicht? Jeder von uns kennt es, das Bild vom Menschen:
Den Knaben (Junge, Bub, der »Kleine«, das Kind im Spielalter, das Spielkind). Das Mädchen (Mädel, die »Kleine«, das Kind im schulpflichtigen Alter, das Schulkind). Die Mutter (Mutti, Mama, Mamma, Mammi, Frau, Ehefrau, Gattin, Gemahlin, Hausfrau, das Weib, bisweilen scherzhaft: Die Alte). Der Vater (Vati, Papa, Pappa, Mann, Ehemann, Gatte, Gemahl, bisweilen scherzhaft: Der Alte). Die Jungfrau, Jungfer, etwas jünger der Backfisch, das Dirndl. Der Jüngling und der Bursche. Das Paar, das Liebespaar, die Verlobten, Verliebten, Heiratslustigen. Sodann der Großvater, der Bucklige, der Ausgewachsene, der Gelähmte, der Invalide, der Blinde, der Taube, der Greis. Unter anderen dann der Fettleibige mit Bauch oder Wanst genannt. Andererseits das Kind mit dem Wasserkopf. Der Betrunkene, der Mann, der einen Rausch hat, der Mensch, der sich der Trunksucht ergeben hat. Es folgen die Schwerhörigen. Die Liliputaner. Ganz zu schweigen von den Nasenformen, den Lippen, der Haartracht, den X-Beinen, den Plattfüßen und den Händen. Denken wir an die vielen Mutterflecken, Leberflecken oder Laubflecken. An die Sommersprossen. –

Wer kennt es nicht: Das Bild vom Menschen? Alle wissen davon zu berichten, stundenlang, tagelang, nächtelang, auf dem Papier, auf dem Marktplatz, im Hörsaal und im Parlament. Zum Beispiel von der großen Aufgabe, die es mit dem Bild des Menschen auf sich habe. Alle laufen wir herum, tagein, tagaus, immer das Bild vom Menschen vor uns, um uns, auf uns, über uns, unter uns, zwischen uns, hinter uns. Alles wetteifert um das Bild, alles klagt über das Bild, beschimpft und bekriegt sich wegen des Bildes. Es ist ja überall ausgestellt, das Bild. Jeder kann es besichtigen. Alle können mit Fingern drauf zeigen. Ja, ja so sieht es aus, so sieht er aus, so sieht sie aus. So siehst du aus!
Aber ganz so einfach ist es ja wieder nicht. Denn wenn man denkt, man hat es, das Bild, schwupp, futsch ist es. Komisch, nicht wahr, es war doch eben noch da. Wir haben's doch alle deutlich gesehn. Oder wenigstens zwischen den Zeilen. Zu dumm. Wie bekommen wir jetzt ein neues Bild? Vielleicht auf dem ersten, vielleicht auf dem zweiten, vielleicht auf dem dritten BILDungsweg. Vielleicht hat der BILDungspolitiker noch zufällig ein Bild – in der Brieftasche. Ein Königreich für ein Bild. Wir müssen doch ein Bild vom Menschen haben. Die Zeitung haben wir ja schon. Aber kein Bild mehr vom Menschen (das Haar, die Schläfe, der Hinterkopf, das Ohr, das Ohrläppchen, die Kinnlade, die Kehle).
Ach, mit dem Bild ist das immer so eine dumme Sache. Man hat es, man hat es nicht. Man weiß es und man weiß es nicht. Und wenn man's mal hat, wird alles wieder gleich unscharf. Dann kommt auch noch die Bürokratie und alles wird fantasielos. Und das Bild vom Menschen liegt auf der Straße. Am besten, man läßt es dort liegen, damit es nicht weiter geschieht: Daß man vor lauter Bildern den Menschen nicht mehr sieht.

1970

Wir rüsten uns allein zu sein
Am Anfang und am Ende
Bemühen uns ein Nein zu sein
Im schrillen Sprachgelände
Es kommt die Zeit wo's keine Zeit mehr gibt

Wo sich die Raffinierten unters Fußvolk mengen
Wo man den Himmel mit Raketen siebt
Und an den Bäumen Menschen hängen
Und jeder sucht sich dann sein Korn
Sein Körnchen Weisheit sucht er sich zurecht
Zurecht

Es gibt dann kein nochmal von vorn
Das Spiel ist aus. Das Spiel war echt
Es kommt die Zeit wo keine Schiffssirene brüllt

Weil Panik mehr als Mode ist
Und eine alte Frau sich nicht mehr in ihr Kopftuch hüllt

Der Mond die Erde schnell vergißt
Hier sitzen wir und sagen Nein
Im schrillen Sprachgelände
Wir rüsten uns allein zu sein
Am Anfang und am Ende

1954

Ja nun hat schon wieder einer eine Kneipe aufgemacht
Und er hat sich gleich was ganz Besondres
dabei ausgedacht
Denn damit das alles nicht so kommerziell und
clever klingt
Muß natürlich jemand her der nun irgendetwas singt.

Der was singt und der was spricht und der was spielt
und der was malt
Selbstverständlich auch das Publikum das dafür
dann bezahlt
Und damit das Ganze sich im Lauf der Zeiten auch rentiert
Läuft das Bier läuft das Bier wie geschmiert:

Solei mit Kultur Rollmops mit Musik
Schmalzbrot für den fortschrittlichen Zahn
Gurke aus dem Faß und Mädchen in Aspik
Alles stets dynamisch und spontan

... also wir ham da hier vor 2 Wochen en ganz neuen
Laden aufgemacht
und öh du singst doch noch oder
also da könnste vielleicht wenn demal vorbeikommst
Pennen kannze bei uns Luftmatratze Scheiß-Hotel un öh
Zahlen is ja im Moment noch nich viel drin
wir sind da noch mit der Stadt
eigentlich ja mehr so Kommunikation verstehsse
un auch mit der Brauerei
Hannes ham wer auch schon angeschrieben
also wenn de mal bei Gelegenheit vorbeikommst
also Tschüß dann...

Un dann kommst du in den Laden und der Wirt ist
gar nicht da
Denn er hat ja noch in Castrop sone andre Schüler-Bar
Un Plakate muß er auch noch und es wird ihm schon
zu viel
Und dann fragt mich seine Mieze ob ich nich Gitarre spiel
Nee ich sach ich bin auch nich der Rechtsanwalt
aus Dings
Un ich setz mich an die Theke und gleich setzt sich
einer links
Neben mich un sacht er käme grad aus Stienen
an der Ruhr
Un da war jetzt auch ne Kneipe so mit Bier und mit Kultur:

Solei mit Kultur Rollmops mit Musik
Schmalzbrot für den fortschittlichen Zahn
Gurke aus dem Faß und Mädchen in Aspik
Alles stets dynamisch und spontan

un ob ich vielleicht mich mal demnächst
sie hätten auch schon ne Rockgruppe dagehabt
un wollen demnächst noch erweitern
als Kneipe natürlich sone Art Zentrum
so mit Billard un Schach
un politisch un mit Malerei
un auch so Konzerte mit Liedern
ohne Profit mehr so creativ
un ob ich denn auch mal bei Gelegenheit damal
also Tschüß dann...

Und dann kommt der Wirt in weißen Jeans
und weißem Wolljackett
Un entschuldigt sich in Castrop wär heut Bennys
Jazz-Quartett
Macht ja nix ich sach ich spiele auch zur Not vor 14 Mann
ob besoffen oder angeturnt darauf käms mir nicht an

Und ich spiel mich laut Vertrag dann in den
Wahnsinnsraum hinein
Wenns mal still wird hör ich gleich den eignen
Wahnsinn in mir schrein
Und von unten schreien dann die 14 Leute wieder mit
Und so halt ich mit dem Wahnsinn und den 14 Leuten
Schritt

Solei mit Kultur Rollmops mit Musik
Schmalzbrot für den fortschrittlichen Zahn
Gurke aus dem Faß und Mädchen in Aspik
Alles stets dynamisch und spontan

Und wir schreien uns gemeinsam und auch
gegenseitig an
Und das Bier läuft in die Köpfe und wie ich dann
sehen kann
Alles Kinder die da unten ihrer jungen Haut entfliehn
Und nicht wissen welche Haut sie dann hinterher anziehn

Und ich sehe durch den Raum und durch mein Glas
und durch den Rauch
Ganz in Weiß den Wirt und seine progressive Biene auch
Diesen miesen Pseudokumpel der mit Kunst und der
mit Bier
seine Kohlen macht und der sagt dann beim Wegfahrn
noch zu mir:

... also hass ja wirklich ein paar dufte Sprüche drauf
da warn ja wieder en paar Hämmer drin
das könnten wer vielleicht noch mal in Herne abziehn
Ich hab da son Lehrlings-Treff Laboratorium
Vielleicht kannze da 3 Teile machen mit 2 Pausen
da wird dann en bißchen mehr geschluckt
zwischendurch verstehsse
aber sonst wirklich echt Spitze:
Solei mit Kultur Rollmops mit Musik
Schmalzbrot für den fortschrittlichen Zahn
Gurke aus dem Faß und Mädchen in Aspik
und alles stets dynamisch und spontan
Und dann spürst du
wie so oft schon
und es gibt dir einen Stich
letztenendes letztenendes
spielst du wirklich
nur für dich

1976

Also
Frau Dr. Herrmann
Wir machen das so:
Wir gehen alle nach dem Konzert in den »Goldenen Floh«
wenn die nicht Ruhetag haben
sonst gehen wir in den »Eisernen Spaten«
da gibt es hervorragend gefüllte Tomaten
bis Eins warme Küche
Ich muß die Orgel noch abbaun umziehn und packen
so machen wir das nach dem Konzert am besten

Ach
ihr Mann ist ja auch da
grüß Gott Herr Dr.
ich hatte Sie gar nicht
bei all dem Trubel
wie schön
wir haben uns ja eine Ewigkeit
dünner geworden
finden Sie
und der Sohn
und das Fräulein Tochter
Nein
die Schwiegermutter von unserer Ältesten
ach ja
wie schön für Sie
das freut mich

Jaaaa
ich habe gerade zu Ihrer Gattin gesagt
wir geh'n nach dem Konzert alle am besten
in den »Goldenen Floh«
dieses kleine nette Lokal direkt hinterm Markt
oder wenn's da zu voll ist
geh'n wir in den »Eisernen Spaten«
da gibt es hervorragend gefüllte...
Wie bitte?

Ja
aber
wir hatten uns eigentlich mehr gedacht
mein Lieber
Sie kämen zu uns mit nach Hause
jetzt in der Pause kann man sich ja doch nicht
so recht unterhalten
finde ich
Aber öh
ich seh' das ja ein
was meinst du Agathe
ich
es ist nur so
ich habe den Wein schon bereitgestellt
und so Knabberzeugs
nicht viel aber auf ein Stündchen
hatten wir uns aber
ich seh' das ja ein
Sie haben ja sicher auch andere Leute noch
nach einem so schweren Abend das sehe ich ein
und
ja und deshalb würde ich sagen lieber Dr.
wir gehen alle in dieses Lokal
und dann werden wir sehen
schön
nach dem Konzert
nach dem Konzert

Wir freuen uns schon auf den zweiten Teil
und wir können ja dann im »Goldenen Floh«
naja
hoffentlich werdens' nicht zu viel
aber wie gesagt sollten Sie Lust haben
bei uns wär's halt gemütlicher
aber na schön
also bis dann

Und ich singe und spreche und spiele mich
durch den zweiten Teil
mit voller Kraft
bin nach der Vorstellung eigentlich ziemlich geschafft
doch dann beginnt erst der dritte Teil:
weil naja

Die Garderobe
ich komme kaum rein
die Garderobe ist brechend voll
von Leuten Bekannten Freunden und Feinden
und Fotografen und auch Verwandten und
Studienkollegen
und Schulkameraden und Schwiegersöhnen
und was weiß ich

Und ich sage allen nochmal von vorn:
Also
Wir machen das so
wer mitgeh'n will
wir gehen alle in den »Goldenen Floh«
ja wie?
ja doch!
es geht nicht anders
wir nehmen da einen großen Tisch
und dann seh'n wir weiter
also nochmal
nein nicht in den
in den »Goldenen Floh«
von hier etwa 400 Meter gleich hinter'm Markt
Wo hab ich denn meinen Wagen geparkt
fragt Dr. Herrmann
naja das kurze Stück
also nicht in den »Eisernen Spaten«
sondern in den »Goldenen Floh«
Wir wohnen übrigens nicht mehr in Hildesheim
sondern in Seesen

Sind Sie da auch schon mal
da gibts ein Volksbildungswerk
ich könnte da
Agathe Momentchen
meine Frau hat da eine Jugendamtsbekannte
die da
da wäre vielleicht auch mal ein Abend

Und ich sage immer nur ja
und das würde mich sehr interessieren
und das würde mich reizen
und das würde mich sicher auch sehr inspirieren
und könnte man vielleicht
in Verbindung mit Hamburg
oder auf dem Weg nach Berlin und so weiter und so
weiter
und so
sieht man uns ganz allmählich mit 40 Leuten
in den »Goldenen Floh«
einziehn

Bumsvoll!
Bumsvoll!

Und Frau Dr. Herrmann sagt gleich
Bei uns wärs natürlich leerer
aber ich denke
es ist doch wohl fairer
wenn wir jetzt alle
obwohl nichts dabei rauskommt
obwohl nichts dabei rauskommt
vielleicht kann man die Tische da drüben
zusammenstellen
obwohl nichts dabei rauskommt
der Ober schon sauer
und die Küche total überlastet
5 sitzen schon

ziemlich verstreut
alle andern fummeln jetzt an drei Tischen
na wer sagt's denn
zusammengestellt
Stühle Vorsicht
so
jetzt sitzen schon 10
und die andern 30 ein bißchen zusammenrücken
so
mit ein bißchen Geduld
und nach 15 Minuten
endlich
nur ist jetzt die Verständigung
und das ist verständlich
unmöglich

Die Herrmanns sitzen gaaanz am anderen Ende
und Dr. Herrmann ringt schon die Hände
seine Frau beginnt zu verbittern
ich merke wie meine Nasenflügel zittern

Neben mir sitzte eine Kindergärtnerin aus Stade
ja also 12 Pils und wer noch
Bauernomelette ist nicht mehr da
Bauernomelette ist nicht mehr da
ein Kaffee und hier 2 Pils
und einmal Tartar
und die Kindergärtnerin aus Stade sagt
Schade daß Sie nichts mehr für Kinder schreiben
wo kommt die Zwiebelsuppe hin
Aber sie haben doch früher für Kinder geschrieben
Nie sage ich
Nie ich habe nie für Kinder geschrieben nie nie
kann ich den Senf danke
schade ich dachte dann war das wohl
einer ruft über den Tisch
haben Sie mal in Ennepetal gespielt

Herr Dr. Herrmann versucht mir ein Zeichen zu geben
ich sage für Kinder nicht daß ich wüßte nie nie
2 Meter hinter mir sagte einer
in so'nem ganz ruhigen Ton
ich hab da mal'ne Frage
wer kriegt die Currywurst
Haben Sie Zigaretten
im Automat
ich hab da mal 'ne Frage ich meine daß Du in letzter Zeit
eigentlich nicht mehr wo wie früher also früher
mehr so politisch
heute so nichts genaues hat das vielleicht oder ist das so'ne
so'ne Art Resignation
darf ich mal die Pfeffermühle danke
ich habe dort in der evangelischen Akademie gespielt
kann ich noch ein Pils haben

Herr Dr. Herrmann
hat sich jetzt zu mir durchgequetscht
und sagt
daß es doch wohl besser sei
sie hätten morgen einen schweren Tag
und es käme ja doch kein richtiges Gespräch zustande
vielleicht beim nächsten Mal
aber dann wohnen Sie bei uns
Sie können kommen und gehen wann Sie wollen
wir lassen Sie ganz in Ruhe
haben Sie mal wieder was von Möllers gehört
und wie gesagt
wir wohnen jetzt in Seesen
und ich sagte zu ihm
er solle mal von Thomas Bernhard
die »Verstörung« lesen
wer möchte noch
hier war doch noch ein Wiener Schnitzel

und die Kindergärtnerin aus Stade
zupft mich wieder am Arm und sagt
aber Sie haben doch schon mal bei einem
Kindertheater
gastiert
Nie sage ich nie ich habe nie

Sie sei früher mal bei einem Kindertheater gewesen
und ich sage
Sie solle mal von Thomas Bernhard
»Die Macht der Gewohnheit« lesen
Ein Käsebrot
und noch ein Pils
Wo wohnen Sie
morgen in Neheim-Hüsten
und dann nach Hannover
wie bitte nach Hannover
Ein kleiner Junge nimmt alles auf Tonband auf
Und so nimmt der Abend bis Mitternacht seinen Lauf
Ich höre noch einen Häschen-Witz
und noch was von der Disziplin der Chinesen
und ich sage dem Ober beim Zahlen
er solle mal von Thomas Bernhard
»Gehen« lesen
Und den Kopf voller Stimmen
und das Herz voll Musik
torkel ich dann so gegen 2.30 Uhr ins Bett

Kabarett
meine Damen und Herren
alles Kabarett!

1976

Zum konsequenten Konzertbesucher im kleindeutschen Binnenbad gehört auch der Versunkene, der mit suchendem Auge leicht am Orchester vorbei zu Wäldern und Hügeln blinzelt, immer Musik mit lichter Natur verknüpfend. Er kennt nicht nur Steg und Pfad, sondern auch Tempi und Takte – er hat das Carl-Maria von Weber-Ohr. Erklingt Triangelgeläut, sieht er gleich Pfifferlinge, die Trompette meldet den Eichelhäher. Von klein auf, mit von Etüden gezeichnetem Antlitz, sitzt er, der gefühlige Programmatiker, und dirigiert mit. Wenn die andern schon denken, endlich ist Schluß, läßt er die Hände noch nicht sinken, denn es kommt ja noch was – die Bauern fahren die Heuernte ein – und dann noch 4 Takte, und dann erst ist Schluß.
Unser Versunkener sieht sich um, um den andern zu zeigen: An Clementi zerbrochen, von Czerny gepeitscht, durch Schubert geläutert, mit Schumann versöhnt, das bin ich, so tief steigt niemand herab.

1962

Es wird Zeit uns zu vergessen
Es wird Zeit es schnell zu tun
Mutter ruft schon lang zum Essen
Es gibt Reis mit Suppenhuhn

Vater streift noch durch die Wälder
Sucht sich dort ein Lebensziel
Langsam wird er grau und gelber
Was er findet ist nicht viel

Und die Kinder auf den Feldern
Irren in der Dämmerung
Mutter ruft schon lang zum Essen
Wünscht der Katze gute Besserung

Andre sitzen in der Küche
Und besprechen dort ihr Leid
Es wird Zeit uns zu vergessen
Es wird allerhöchste Zeit

In den Flüssen schwimmen Träume
Und die Träume die sind schwer
Aus den Häusern wachsen schon die Bäume
Mutter ruft schon lang nicht mehr

Schlafet ein ihr Menschenkinder
Schlafet tief und schlafet gut
Denn vom Frühling bis zum Winter
Braucht ihr sehr viel Kraft und Mut.

1974

Das Kurzwölftett bekommt unverhofft Konkurrenz. Sangesfreudige Männer stellen sich ein und geben sich her, den Mund a-capella zu öffnen, stehen inmitten von Buchsbaum und geballten Hortensien. Liederkranz nennt sich der schmucke Verein, hat's gar nicht so einfach, denn sonntags nur können sie geben, was alltags das Herz verbirgt, Kunde von Großmutters Spinnrad oder von jener Müllerin, oft auch genannt die Feine. Ja es hat schon seinen eigenen Reiz, und nie habe ich eine gebratene Taube oder ein Hustenbonbon mit dabei, um die Sänger zu füttern. Auch keinen Zwieback, denn wie soll ich es anders sehen, wenn Menschen den Mund halb zum Himmel geöffnet, an Schwäne erinnernd – die Hälse singen ja meistenteils mit –, wenn Menschen sich derartig recken und strecken. Tun sie das nur für Frau Musica? Einmal nur möcht ich dem 1. Tenor, wenn er gerade behauptet: Horch, was kommt von draußen rein, einen Kaugummi ins gestaltende Mündchen werfen. Das würde ihn sicher verklären.

1962

Selten sah ich auf Euren Gesichtern das Lächeln
des Siegers
Ist Euch denn alle Freundlichkeit abhanden gekommen
Seid Ihr so sicher, daß nur mit fletschenden Zähnen
Die Wahrheit sichtbar gemacht werden kann
Und in die letzten Häuser dringt
Nur mit Hammerschlägen und Schreien
Wohl weiß ich, daß wir einen Urwald zu roden haben
Und ein Steinbruch mit Späßen nicht zu erschüttern ist
Die Mörder schneller sind als die Spötter
Und wenn wir uns umdrehn niemand mehr hinter uns ist
Auch versteh ich die Wut die uns eint
Doch man sieht Euch nicht an, daß wir siegen werden
Denn selten seh ich auf Euren Gesichtern ein Lächeln
Das Lächeln des Siegers
Trotz aller Anstrengung
Den freundlichen Blick des sicheren Siegers
Von jenem Lande wissend in dem es keine Besiegten
mehr gibt
Wissend und zweifelnd
Handelnd oder lächelnd.

Oder seid Ihr gar nicht so sicher?

1969

Den möcht ich sehn
der mir untersagt
mich mit einem Radikalliberalen
an einen runden Tisch zu setzen
den möcht ich sehn

wie er festen Schritts auf mich zukommt
die Hände in den Taschen
und dann von oben runter
fließend zu mir sagt:

Mit wem sitzt denn Du da
Feines Gesox was
Naja, du warst ja schon immer was Bessres
So täuscht man sich halt
Wechselst mal wieder das Hemd
wie mir scheint

Darauf gibts nur eine Antwort:
Quatschkopf
Dieser Radikalliberale hier
ist mein Freund.

Den möcht ich sehen
der mir untersagt
mich mit einem Christen
an einen runden Tisch zu setzen
den möcht ich sehen

Wie er feinnervig mich beäugt
sich dann bei mir einhakt
ein paar Schritte mich entführt
und dann in seiner
hochgestochnen Suppe rührt

Du mit dem
Das halt ich für absurd
Dessen Bier schmeckt doch nach Weihwasser
Und nichts ist bewiesen
Die Kirche ist doch ein alter Hut
Was für alte Leute, wo man betet und greint

Darauf gibts nur eine Antwort:
Deine Ansicht
Aber dieser Christ hier
ist mein Freund.

Gott, wieviel Jahre wünsch ich mir schon
einen alten großen runden Tisch
an dem alle und die verschiedensten Menschen sitzen
und einer davon ist der Hüsch

Den möcht ich sehen
der mir untersagt
mich mit einem Erzdemokraten
an einen runden Tisch zu setzen
den möcht ich sehen

Wie er zunächst überlegt
dann aber doch mich anspricht
erst um den heißen Brei geht
dann aber doch zu verstehn gibt
ungeheuer enttäuscht zu verstehn gibt

Sie hatten ja schon immer eine Vorliebe
für gewisse Extreme
Schön, aber ich dachte mir, wo Sie jetzt älter
geworden sind
hätte sich das gelegt
Erstaunlich, gerade von Ihnen hätte ich das gemeint

Darauf gibts nur eine Antwort:
Sie mögen recht haben
Aber dieser Erzdemokrat hier
ist mein Freund.

Den möcht ich sehen
der mir untersagt
mich mit einem Kommunisten
an einen runden Tisch zu setzen
den möcht ich sehen

Wie er auf mich zu federt
mir die rechte Hand auf die linke Schulter legt
sich dann langsam herabbeugt
und so richtig weitblickend
und fürsorglich zu mir sagt

Muß das sein
Sie können doch auch ihr Bier woanders trinken
Haben Sie doch gar nicht nötig
und außerdem wird sich das sicher rumsprechen
Nicht daß ich stören wollte, ich hab's nur gut gemeint

Darauf gibts nur eine Antwort:
Vielen Dank
Aber dieser Kommunist hier
ist mein Freund

Gott, wieviel Jahre träume ich schon
den gleichen Traum vom gleichen Stoff
von Bruder und Schwester, Vater und Sohn
und einer davon heißt Schretzmeier
und ein andrer Oberhof

Und alle reden und trinken
essen und denken
nach Herzenslust und Gelüsten
mit Ausnahme der Faschisten.

Den möcht ich sehen
der mir untersagt
dieses Lied öffentlich vorzutragen
Deshalb singe ich dieses Lied
und wollte das hier mal sagen.

1977

Ich hörte neulich von Herrn Fugger, daß Herr Mayer (mit ay) Herrn Müller haßt, das heißt, Herr Fugger soll dies wiederum von Herrn Stoltenbrink erfahren haben, der die Schädelform von Herrn Krause sehr sonderbar findet, während Herr Krause schon seit einiger Zeit Herrn Schulze aus dem Wege geht, dagegen findet Frau Schulze Frau Fischer unmöglich (soll gar keine gute Hausfrau sein), ich persönlich finde übrigens Herrn Fischer unmöglich, ganz im Gegensatz zu Herrn Achterberg, der das nicht, wie er sagt, beurteilen kann, wie er selbst sagt, er könne das beim besten Willen nicht beurteilen, er habe zwar zu Herrn Kunze (wörtlich) gesagt, der Krause ist doch eine Null, was er aber nicht so gemeint habe, im Gegenteil, er wolle damit nicht behaupten, daß Herr Kunze Herrn Krause ablehne, nur, er kenne Herrn Kunze nicht näher, Frau Kunze soll ja auch nicht gerade die Sauberste sein, allerdings sagte mir Herr Fischer (im Vertrauen, sozusagen unter uns), daß er es nun auf einen Prozeß ankommen lassen wolle, weil das Ganze ja eine reine Schikane sei, eine reine Schikane, selbst wenn man beide Seiten höre, eine reine Schikane, er müsse sich da schon an seine Menschenkenntnis halten, dieser Schmitz (der neue) sei ein sehr guter Mann, er sage nie viel, aber was er sage, sei doch sehr zurückhaltend, Herrn Fugger ist übrigens dieser Schmitz zu primitiv, ich kann das nicht beurteilen, obwohl ich ihn (objektiv gesehn) eigentlich von Anfang an nicht mochte, er ist mir zu laut, seine Frau (übrigens seine zweite Frau) ist mir auch zu laut und die Kinder zu vorlaut, ähnlich wie die Kinder von Dr. Fabricius mir auch zu altklug sind (Lehrerskinder, verstehn Sie), ich will damit gar nichts verallgemeinern, nur, wenn Herr Krause sich einbildet, er könne als Abteilungsleiter Herrn Baumann vor vollendete Tatsachen stellen, dann muß ich (so leid es mir tut) Herrn Fugger recht geben, wenn er meint, daß der Dings, daß der Dings, (jetzt komm ich nicht auf den Namen, aber Sie wissen schon,

wen ich meine), daß der Dings zwar ein guter Zahnarzt sein mag, aber als Mensch, wen meinen Sie denn, ach Sie meinen den da, der Dings, der die Orgel im Ruderclub spielt, ich weiß auch nicht, wen ich meine, aber jedenfalls meine ich den, na sehn Sie, Sie meinen einen ganz anderen, Sie meinen den aus dem 5. Stock, nein, den mit der Glatze, den mit dem Straßenkreuzer, den mit der sehr viel älteren Frau, den Briefträger, die Zeitungsfrau, den Konsul, den Manager, den Polizeiarzt, die Souffleuse, den Finanzinspektor, na, wen meinen wir wohl, wen meinen wir wohl?
Alle! Nur nicht uns!

1961

Erst mit der großen Stille fängt die Seele an zu schreiben
Und läßt uns sanft und sicher werden
Und sorgt dafür, daß unsre Augen milde bleiben.

Nun wanderst du und setzt den Fuß aufs Ländliche
Daß dich und ein Gemüt erhält
Der Riesenwahn, das Unverständliche
Sie fliehn vor deinem Gang und Flur und Feld
Begegnen dir so schwesterlich, so alt und ungebrochen
Als hätten Tier und Pflanze das erste Wort gesprochen.

Als damals sich das Feuer auf den Hügeln zeigte
Und Tassilo zum Zweikampf schritt
War schon die Schwalbe unterwegs und tröstete
die Frauen
Und wenn sich auch die halbe Welt vor Karl verneigte,
Die Stille ists, die überlebt.
Dem Baum, der schweigt, ist tiefer zu vertrauen
Als allen Redensarten
Als allen Zungen, die sich laut vermischen
Es ist die Stille, die zur Kunst entfacht,
Geschichte macht,
Solang, bis wir den Schmerz von unsren Stirnen wischen.

Die Treue hat sich nie geschont
Sie ist des Alters schönstes Kind
Bei allen Rätseln war sie stets zu Gast
Sie hat im Armenhaus gewohnt

1973

Mahlzeit, Mahlzeit, Mahlzeit, Mahlzeit, Mahlzeit, das kleine Wörtchen »Mahlzeit« ist gegen Mittag in aller Munde, wird aber subjektiv interpretiert, man spricht es gewöhnlich beiseite. Betrittst du den Speisesektor in Brummers Parkhotel, dann mache es so wie ich: Übe schon vor der Tür, besonders wenn du in äußerster Ecke sitzt und vorbei mußt an Fabrikanten, Sparkassenzweigstellenleitern und Akademikern. Laß dich nicht schrecken, gehe dem Kellner stets aus dem Weg, sei locker und leicht in deinen Bewegungen. Hast du ungefähr 10mal »Mahlzeit« gesagt, dann hast du's geschafft, hast dein sicheres Eckchen erreicht, ach da drüben die kinderreiche Familie aus Osnabrück, die hast du vergessen, leichte dezente Verbeugung: Mahlzeit! Siebenmal kommt es zurück, Vati, Mutti und 5 entzückende Orgelpfeifen grüßen mit deutschem Mittagsgruß: Mahlzeit!
Hast du die Königinsuppe, den rheinischen Sauerbraten mit Klößen und Apfelmus, dann Eis und Kaffee gut untergebracht, dann sei nicht verstockt – erhebe dich, und mach es wie eben. Leute, die du schon näher kennst, strahle ruhig an und schmettere ihnen eins vor: Mahlzeit! Sie schmettern bestimmt zurück. Das sind so Kontakte. Mir hat sich das eingefleischt, komme ich irgendwohin, gleichgültig wann und wo, grüß ich mit Mahlzeit.

1962

Ich sitz
in einem Stückchen Wald
in der Nähe von St. Moritz
schneid mir meine Fingernägel
feile sie schön rund
vorüber geht ein junges Paar
mit einem Kind
im sogenannten Kinderwagen
Das ist die Situation
mir selbst zu sagen:

Ich bin immer da am liebsten
wo's so schön unsterblich ist
wenn die Seele mir am trübsten
weil der Himmel erblich ist

Das kann mitten im Gebirge sein
unter Christen oder unter Heiden
in der Wüste und im Schnee allein
aber auch beim Fingernägelschneiden

Wo sich das Innere ans Innerste erinnert
und sich Musik als Anfang zu erkennen gibt
wo gleich der erste Augenblick schon ziemlich spinnert
weils vorgeschichtliche Antennen gibt

Am Anfang können wir nichts sehen
am Ende sind wir wieder blind
und wenn wir meinen etwas zu verstehen
weil wir Sklaven der Geschichte sind

so ist's am nächsten Tag schon umgekehrt
am übernächsten Tag schon wieder weg
und alles was man uns so schön gelehrt
hat keinen Sinn gehabt hat keinen Zweck:

Ja der Wahnsinn geht langsam um die Ecke
Ja der Wahnsinn schreitet langsam übers Feld
Ja der Wahnsinn ziehet langsam in die Häuser
Ja der Wahnsinn kommt langsam in die Welt

Tausend Gespräche in einer Sekunde
Thesen und Texte laufen im Kreis
Diskussionen und Tafelrunde
Tausend Behauptungen ohne Beweis

Jetzt basteln sie Neutronenbomben
und bitten uns um einen kühlen Kopf
man baut für uns die schönsten Katakomben
und dann drückt einer auf den roten Knopf

Natürlich war die Sache ein Versehen
Die Schuld allein trägt die Bevölkerungsdichte
Man bittet uns das auch noch zu verstehen
das sei nun mal der Lauf der Zeitgeschichte:

Ja der Wahnsinn kriecht langsam durch die Steppe
Ja der Wahnsinn kommt langsam auf uns zu
Ja der Wahnsinn tritt langsam auf die Treppe
Ja der Wahnsinn sagt langsam zu uns Du

Pläne Papiere und Konfessionen
Leistungssport und psychischer Schutt
Trümmer und Träume von Spätreligionen
Romane als Fazit siehe Der Butt

Da mach ich nun in Unterhaltung
und mache euch was vor schön pointiert
Doch längst hat uns die Weltverwaltung
zu Untergangsstatisten degradiert

Da sitze ich und warte auf die Zukunft
auf bessere Zeiten Gott bin ich naiv
Dabei wars schon beschlossene Sache
als ich in meinem Mutterleib noch sorglos schlief:

Ja der Wahnsinn frißt langsam unsre Nerven
Ja der Wahnsinn dringt langsam ins Gehirn
Ja der Wahnsinn hält langsam bei uns Hof
Ja der Wahnsinn küßt uns langsam auf die Stirn

Erziehungsmethoden und Sandkastenspiele
Eherezepte und Kirchentage
Podiumsgäste und geistige Ziele
Folterkeller und Wirtschaftslage

Da tanzen sie auf sogenannten Sommerfesten
Herrn Hitler hört man in den Kinos bellen
Und Helmut Schön muß seine Spieler testen
Dann wieder eine Sondersendung zwischen
Tanzkapellen

Es wird entführt ermordet und erpreßt
im Namen irgendeiner Sache
Was sich aus der Geschichte lernen läßt
ist leider immer nur Vergeltungstrieb und Rache

Ja der Wahnsinn hält uns langsam in den Armen
nennt sich Erde Vater Mutter Kind und Welt
Bittet um Verzeihung uns und um Erbarmen
daß er uns in seinen Armen hält

Arbeitsessen und Trimm-dich-Pfade
Choräle aus zuverlässiger Quelle
Rundfunkprogramme und Fernsehparade
Zwangsgestammel von höchster Stelle

Autorisiertes Radebrechen
Wichtigtuer und Schnellkommentare
heilloses Durcheinandersprechen
Lässig verkauft als Wirlichkeitsware

Ja der Wahnsinn ist natürlich keine Lösung
Denn ich weiß wir Menschen brauchen stets Erbauung
Von der Zeugung bis zur bläulichen Verwesung
Brot und Spiele und wenn's geht 'ne Weltanschauung

Ja dies Lied bringt mich ins Grab
Darum muß ich stets so tun
als wenn ich's nicht gesungen hab

sitze wieder mal in meinem Stückchen Wald
in der Nähe von St. Moritz vaterlos allein
schneide meine Fingernägel
feile sie schön rund
schau nochmal in einen Kinderwagen
um die Unschuld vor den Augen
mir zu sagen:

Ich bin immer da am liebsten
wo's so schön unsterblich ist
wenn die Seele mir am trübsten
weil der Himmel erblich ist

wo die weißen Flecken unbekanntes Land bedeuten
wo spazieren gehn noch kein Verbrechen ist
wo du träumen kannst von unberührten Zeiten
und für niemanden zu sprechen bist.

1977

Ich kenne eine Stadt im Westen
Dort blühn die Hochhäuser am besten
und stehen wie Klötze in Reih und Glied
so daß man vom Himmel
nur noch die schmutzige Wäsche sieht

Ich kenne eine Stadt im Süden
da ist man mit den Hochhäusern auch zufrieden
sie stehen so eng nach Zweck und Maß
weil die Spekulanten schön abgesahnt
daß man von Mutter Erde
nichts mehr spürt und ahnt

Aber auch im Osten und im Norden
Sind die Häuser höher schon geworden
Und vom 110. Stockwerk aus
sieht man herrlich wie noch nie
die Natur – Sprich Industrie

Doch die Menschen sind sehr glücklich
und sie sagen augenblicklich
fragt man sie: wie's denn so geht
wir sind richtig ausgeglichen
geistig frisch und physisch froh
ja und meistens sind wir völlig aufgedreht:

Denn in jedem Hochhaus
gibts 'ne kleine Altstadt
einfach in den 12. Stock hineingebaut
und haben viele Menschen
abends den Asphalt satt
fahrn sie einfach mit dem Lift
aus ihrer Haut

aus ihrer Haut in die Passage
und dann kommt schon die Boutique
und dann kommt ein kleines Lädchen
second hand und second Chique
und dann kommt noch ne Passage
und dann kommt noch ne Boutique
und dann kommt noch ganz aus Fachwerk
für den Flohmarkt ne Fabrik

und dann kommt noch Harrys men shop
so mit Leder und mit Torf
und dann kommt noch Kathis Truhe
ähnlich wie in Pöseldorff
und dann kommt noch was für Kinder
und ein Buch- und Plattenshop
und dann riecht es wie in Indien
doch wir tun so als ob

Denn in jedem Hochhaus
gibts ne kleine Altstadt
einfach in den 12. Stock hineingerammt
darum sind wir ja
wenn's manchmal auch so aussieht
noch lange nicht
in alle Ewigkeit verdammt

Plötzlich und aus einem tiefen Grunde
doch das ging sehr schnell von Mund zu Munde
wurden aus den Hochhäusern Büros und Banken
und die Menschen mußten einfach raus
aus den schönen alten hohen Häusern
und sie mußten sich dafür auch noch bedanken

Auf der ganzen Erde oben saß jetzt die Verwaltung
die Verwaltung zwecks Gestaltung und Erhaltung
Alles hochintelligente Technokraten
die mit Zeichen und mit Ziffern und mit Daten
oben auf der Erde für die Menschheit dachten
denn sie planten die Entfaltung
doch keiner wußte was sie eigentlich so machten

Und die Menschen mußten alle unters Wasser
in die Erde und auch untern Ozean
Kaum zu fassen meint hier der Verfasser
Doch die Menschen sprachen nicht von Größenwahn
Ganz im Gegenteil sie ham sich dran gewöhnt
und Protestanten waren sehr verpönt

Nein, die Menschen warn sehr glücklich
und sie sagten augenblicklich
fragte man: Wie's denn so geht
Wir sind richtig ausgeglichen
geistig frisch und physisch froh
ja und meistens sind wir völlig aufgedreht

Denn unter jedem Wasser
gibts ne kleine Altstadt
einfach in den alten Schlamm hineingebaut
und wer's am Abend
unterm Bodensee naßkalt hat
der fährt einfach mit dem Lift
aus seiner Haut

aus seiner Haut in die Passage
und dann kommt schon die Boutique
und dann kommt ein kleines Lädchen
second Hand und second Chique
und dann kommt noch ne Passage
da liegt Henry's Bistro drin
und da gehn wir jeden Abend
so bis 2 Uhr meistens hin
und dann kommt noch Omas Stube
für das Strick und Häckelkleid
und dann kommt noch was mit Schmiedeeisen
aus der alten Zeit
immer noch die gleichen Mädchen
immer noch der gleiche Jet
und an Hansis alter Theke
singen wir dann im Quartett:

Wo sind die alten Dämpfe hingekommen
Wo sind die faulen Flüsse voller Schmier und Schlamm
Wer hat uns unsre Kernkraftwerke weggenommen
wo unsre Kinder einst gespielet ham...

Wo sind die großen Feuerspeier nur geblieben
Die Flammen mit der tödlichen Chemie
Man hat uns aus den Hochhäusern vertrieben
doch eins steht fest und das nehmen sie uns nie:

Unter jedem Wasser
gibt's ne kleine Altstadt
einfach in den alten Schlamm hineingerammt
darum sind wir ja
wenn's manchmal auch so aussieht
noch lange nicht
in alle Ewigkeit verdammt

Unter jeder Erde
liegt ne alte Altstadt
mag diese Welt auch bald zum Teufel gehn
auch wenn die nächste keine Luft und keinen Wald hat
die kleine Altstadt bleibt auf jeden Fall bestehn

Denn in jedem Menschen
wohnt ne neue Altstadt
Auch auf dem Mars wird eines Tages so was stehn
dort wird man singen
was man früher nur gelallt hat
Ja unsre Altstadt wird nie untergehn

Denn in jedem Menschen
wohnt ne neue Altstadt
Auch auf dem Mars wird eines Tages so was stehn
dort wird man singen
was man früher nur gelallt hat
Ja unsre Altstadt wird nie untergehn.
Jawoll.

1975

Es tanzen durch das Labyrinth des Wissens
Die Sucher mit den schnellen Füßen
Sie spritzen sich den Gott in jede Pore
und lassen keine respektable Wahrheit aus
Und falln von einem Irrtum in den andern
Macht nichts
Sie irren in den Wüsten und rufen nach Damaskus
Vorwärts
Sand in den Augen Sand im Mund
Wenn nur die Seele ach du lieber Himmel als
Vergrößerungsglas
Die Szene nicht verrät
So straucheln sie und husten sich die heilige Substanz
aus beiden Lungen
und hoffen hinter jeder Düne läge die Oase
Wo Milch und Mütter warten
Brot und Bewußtsein wachsen
Sie kriechen durch den Sand
bald wird der Kopf der Wüste gleichen
Schakale und Hyänen
werden sich dann sammeln und um die ausgestreckten
Arme kümmern
Die Hände in die Erde eingekrallt
Ein Sandsturm fegt nochmal den Rücken blank
Doch dann begräbt er alle Sehnsucht
Tief
und ohne Nachricht.

(Wolfgang Neuss gewidmet)

1975

Hagenbuch hat jetzt zugegeben
Daß die Erziehung seiner Kinder eine völlig verfahrene war
Insbesondere die seiner Jüngsten
Mit Namen Katrin Theresa
Die er nun
So sagt Kastner
Von der Theodor Dannenberg Schule
Jener Schule für freie Entfaltung in freier Natur
Mit freien Kräften
Die selber in freier sozusagen aus eigener
Einsicht in freier Wahl
Dort lehren und selber noch lernen
Aus freien Stücken für freies Geld
Von dieser Schule heruntergenommen

Immer hatte der Leiter der Schule
In den verschiedenen Pausen kleiner und größerer Art
Sein Fenster mehrmals geöffnet
Und in den Hof hinuntergerufen
»Ungezwungen seid ungezwungen ungezwungen«
Mehrmals am Tage habe
So Kastner
Der Leiter dieses Stück Wort in den Hof gerufen

Dies habe Hagenbuch
Der gerade von seiner Arbeit aus Anchorage nun zurück
Um seinen neuen Bericht
»Spuren und Spasmen von seltenen Pelztierjägern«
Hier zu beschließen
Dies habe ihn selbst an eine Nacht erinnert
In der er in Uppsala zur Zeit einer Weltkirchentagung
Ebenfalls mehrfach sein Fenster geöffnet
Und mehrfach gerufen habe
»Hinreichend hinreichend«
Im Sinne von Jetzt ist's genug
»Hinreichend«
Dies habe Hagenbuch dann endlich veranlaßt
Katrin Theresa von der Theodor Dannenberg Schule
herunterzunehmen
Um sie in Kürze
In einer wissenschaftlich technisch und philosophisch
Begündeten Anstalt
Auf medizinisch naturwissenschaftlichem Wege
Und historische Weise
Um sie dort unterzubringen
In eine Atmosphäre
So habe Hagenbuch wörtlich gesagt
Die einerseits fortschrittlich
Andererseits philosophisch von vorne
Und biologisch
So Hagenbuch wörtlich
Biologisch geradezu altmodisch sei
Also in eine Schule die historisch und biologisch
Anthroposophisch technisch und diszipliniert
philosophisch
Und naturwissenschaftlich musisch
So Hagenbuch wörtlich
Sagt Kastner
Musisch und gleichzeitig Frühsport
Und gleichzeitig Religion und Hygiene
Und gleichzeitig medizinisch sich dokumentiere

Er Hagenbuch habe
Sagt Kastner
Dies auch mit den anderen Kindern nach und nach vor
Sie alle von der Theodor Dannenberg Schule
Von heute auf morgen herunterzunehmen
Um alle von heute auf morgen auf eine andere
auf eine solche Schule auf eine andere Anstalt
zu schicken
Wenn eine solche Schule zu finden sei
So müsse sie eben auf theosophischer Basis geleitet
werden
Von einem Theosophen auf theosophischer Basis
Der nicht in den Pausen sein Fenster öffne und rufe
»Ungezwungen ungezwungen«

Wenn eine solche Schule
So Hagenbuch wörtlich
Sagt Kastner
Zu finden sei
Geleitet von einem dreifachen und mehrfachen Doktor
Oder von einem Gehirn auf philosophisch
naturwissenschaftlicher Grundlage
Psychologisch und lerntheoretisch
Dazu musisch und gleichzeitig nichtmusisch
Dann gäbe er seinen Bericht
»Spuren und Spasmen« erst später ab
Das habe Zeit
So Hagenbuch wörtlich
Das habe Zeit und hänge zusammen mit Inhalt und Form
Wie Seele und Körper und Geist und Sein oder
Seele und Inhalt
Und Raum und Geist und Form und Seele und Inhalt
Das sei für ihn klar

Er habe auch vor in der gleichen Art
Seine Möbel altenglischen Ursprungs zu entfernen
Restlos überall zu entfernen
Kein Stück Holz oder Glas oder Elfenbein altenglischen
Ursprungs
Möchte er länger in seinen Räumen tagtäglich erblicken
Er wolle alles ersetzen durch altfranzösisches
Oder althispanisches oder auch portugiesisches
Mobiliar
Wenn diese Schule zu finden sei
Oder das wäre das Beste
So Hagenbuch wörtlich
Überhaupt keine Möbel
Oder ersetzen durch finnische oder durch Gartenmöbel
Die er dann wieder ersetzte durch afrikanische oder
durch nichts
Nichts an den Wänden nichts auf dem Boden nichts
auf den Dielen
Sondern nur eine theosophisch disziplinierte
Wissenschaftlich politisch musische Gangart strebe er an
Wie damals in Uppsala
Wo er mehrmals zur Zeit einer Weltkirchentagung
sein Fenster geöffnet
Und in die Nacht in Richtung Mitternachtssonne gerufen
Mehrmals gerufen
»Hinreichend«
Wie in Antwerpen wie in Venedig
Und vor allem in Straßburg und Wuppertal
Wo er ebenfalls mehrmals gerufen »Hinreichend«

Ebenso wolle er nun mit seinen altenglischen Möbeln
verfahren
Ebenso seine Kinder anhalten zu längerm Rufen von
einzelnen Worten
Wie »Wladiwostok« oder »Transalpin«
Nichts habe ihm mehr Erfahrung gebracht
Als das Rufen von Worten
Auch sein Bericht »Spuren und Spasmen von seltenen
Pelztierjägern«
Enthalte nur Worte
Ja bestünde eigentlich nur aus Rufen wie
»Ist jemand da« oder »Wir gehen nach Fort Jackson« oder
»Flußabwärts«
Auf jeder Seite seines Berichts käme das Wort
»Flußabwärts«
Hundertmal vor
Und er wisse genau daß das die einzige Möglichkeit sei
Eben musikalisch zu denken
Und deshalb sei auch seine Entscheidung die Kinder
auf eine andere Schule
Zu schicken und die Möbel altenglischen Ursprungs
restlos aus seinem
Haus zu entfernen kein Widerspruch
Sondern folgerichtig die Folgen des absoluten Gehörs
Also losgelöst von allem
Wer in Antwerpen in Venedig
In Straßburg und Wuppertal.

1975

Feiner Regen
Kleine Gossen
Leere Flaschen
Müde Flossen
In Gamaschen
Und die Hände in den Taschen
Wie ein Segel ohne Schiff
Ohne Geld und ohne Fahne
Schaukelt eine Karawane
Kleine Narren
Große Sorgen
Wasserfarbe hält verborgen
Geist und Gier
Nacht und Morgen
Eine Straßenbahn wird älter
Keine Zukunft steht Spalier
Und das Herz schlägt wie ein blinder Passagier.

1959

Ich möchte mal mit herzlichem Verlaub hier einen
Vorschlag machen,
Den niemand ernst zu nehmen braucht:
In etwa 80 Jahren hört die Menschheit auf zu weinen
und zu lachen,
D. h. die Kinder, die noch unterwegs, die werden
selbstverständlich noch geboren
Doch dann hörts auf. Und ähnlich wie beim Rütlischwur
wird dann geschworen
Und frei erklärt:
Alles schön und gut, doch einmal muß ja Schluß sein,
Ende, aus
Die Art pflanzt sich nicht fort, sie läßt es,
am Anfang war das Wort, am Ende kein Applaus
Sondern Stille: Das sei des Menschen Wille!

Nun kann ich mir natürlich denken, daß viele damit
gar nicht einverstanden sind
Und rufen: Ja, bitte, wie, wieso, warum, wir sind doch
gerade erst in der Entwicklung,
Halt, das kann ja wohl nicht sein, doch nicht im Ernst,
wir müssen da doch noch,
Wir sind doch grad' so schön im Schwung,
wir haben doch auch Zukunftspläne, Planung,
Forschung! Und so weiter
Worauf der größ're Teil der Menschheit
heiter und gelassen spricht:
Nein, vielen Dank, es reicht jetzt, es hat sich was mit Ziel
und Arbeit am Menschenbild,
Wir haben jetzt die Nase voll, wir danken für die Zeit
und sagen jetzt Adieu.
Verbeugung, Diener, Ende, aus.

Nun geht es aber los:
Obristen hetzen Soldaten durch die Gassen
Um diese Internationale der Relativisten schnell zu fassen
Marxisten suchen in Sitzungen, geheim,
Nach einem neuen dialektischen Heim
Magier und Meditationsspezialisten versuchen mit
Happenings die Sensibilität noch einmal
Aufzurüsten

Astronauten werden im Triumphzug gezeigt
Damit die Menschheit sich noch einmal vor der
Wissenschaft verneigt
Gärtner versuchen mit Blumen kleine
Ablenkungsmanöver
Die Glöckner von Montreux werfen weitere
Aufmunterungsmagazine durch die Gegend
Religionsstifter irren umher und sammeln ihre Leute
Und versprechen mehrere Himmel nebst fetter seelischer
Beute
Schnulzenheuler werden von ihren Managern mit
Dopingmitteln auf die Märkte getrieben
Um da noch ein wenig Stimmung einzuüben
Politiker kommen, auf den Knien rutschend,
mit ganz neuen Vorschlägen,
Etwa: Die Menschheit möge doch Vernunft annehmen
und die Geschichte müsse doch
Weitergehn. –

Aber die Menschheit antwortet: Danke schön,
sehr nett von Ihnen,
Aber wir möchten nicht mehr, und wo steht geschrieben,
daß es immer so weitergehn muß.
Aus. Ende. Schluß.

Auch der Tennisclub Grün-Weiß muß natürlich auf seine
200-Jahr-Feier verzichten
Die Dichter hören auf zu dichten
Die Beweise hören auf zu beweisen
Die Erzieher hören auf zu erziehen
Die Reisenden hören auf zu reisen
Die Flüchtlinge hören auf zu fliehen
Die Historiker hören auf zu analysieren
Die Humanisten hören auf zu bewegen
Die Fanatiker hören auf zu soufflieren
Die Erlöser hören auf zu erlösen
Die Beleger hören auf zu belegen
Denn jeder sieht es allmählich ein:
Es muß nicht sein. Es muß nicht sein.

Und es ist auch gar nicht so kompliziert:
Wenn wir uns alle fest an den Händen fassen
Kann man es lassen und der Geschichte den
Abschiedskuß verpassen!
Zuletzt sinds noch sieben, dann fünf, dann drei
Der Letzte begräbt den Vorletzten, verbeugt sich und sagt
ganz frei und unbefangen:
Meine Damen und Herren, das wärs, wir sind,
Verzeihn Sie, der Geschichte aus dem Wege gegangen.

Nun, wie gesagt, dies ist ein Vorschlag,
Den niemand ernst zu nehmen braucht,
Ein Vorschlag, gedacht als Anregung, als Denkanstoß,
als Diskussionsbeitrag,
Von mir aus auch als Scherz, Satire, tiefere Bedeutung,
Ein Vorschlag, dessen weitere Verbreitung ich nicht
verfolgen möchte,
Denn auch zu meinen eigenen Gedanken fällt mir
manchmal ein:
Es muß nicht sein. Es muß nicht sein.

1972

Gemacht aus Bauern- und Beamtenschwäche
Kam ich in diese Welt hinein
Mal dunkler Kern mal reine Oberfläche:
Ich habe Angst und muß doch mutig sein
Ich habe Angst und muß doch mutig sein.

Es ist zu viel zu lernen in unsrer kurzen Zeit
Das Böse zu entfernen
Das Gute einzupflanzen
Im Herz und Hirn und Seel'
Im Kleinen wie im Ganzen:
Daß sich die Furcht von dannen stehl.
Daß sich die Furcht von dannen stehl.

Jetzt um mich her die Weißen und die Roten
Mal Friedenslied mal Folterpein
Die Pastorale und die Todesboten:
Ich habe Angst und muß doch mutig sein
Ich habe Angst und muß doch mutig sein.

Was kann ich Euch schon sagen
Vom Hoffen und Wagen
Ihr seid vom gleichen Baum
Und ich nicht ohne Fehl
So leben wir den Traum:
Daß sich die Furcht von dannen stehl
Daß sich die Furcht von dannen stehl.

So laßt uns denn das Lied zu Ende singen
Zusammen und allein
Von Tag zu Tag den Widerspruch vollbringen:
Wir haben Angst und müssen mutig sein
Wir haben Angst und müssen mutig sein.

1977

Bei allem, falle ihm immer aus seiner Jugendzeit die Geschichte mit der Zwiebacktüte ein, die Zwiebacktüte, auf der immer eine Bäckersfrau abgebildet gewesen sei, die auf ihrem Kopf eine Zwiebacktüte getragen, und eben auf dieser zweiten Zwiebacktüte sei wieder eine Bäckersfrau abgebildet gewesen, die eine weitere, schon wesentlich kleinere Zwiebacktüte auf ihrem Kopf getragen habe, und auf dieser schon wesentlich kleineren Zwiebacktüte sei wieder eine weitere, aber immer die gleiche Bäckersfrau abgebildet gewesen, die eine weitere, schon winzig kleine, aber immer die gleiche Zwiebacktüte auf ihrem Kopf getragen habe, und nun habe man diese letzte Zwiebacktüte nur noch mit der Lupe erkennen können, gleichviel habe aber immerfort eine weitere, immer kleiner werdende Bäckersfrau eine immer kleiner werdende Zwiebacktüte auf ihrem Kopf getragen, und auf einmal wären weder Bäckersfrau noch Zwiebacktüte auszumachen gewesen, aber in seinem Kopf habe er die Geschichte weiterverfolgt bis zur Schlaflosigkeit über die Endlosigkeit der Bäckersfrau mit der Zwiebacktüte, bis zum Wahnsinnigwerden und heute habe er große Lust über sein ganzes Tun und Lassen DIE ZWIEBACKTÜTE zu schreiben.

1978

HEYNE
BÜCHER

Haffmans-Bücher bei Heyne

01/8726

Außerdem lieferbar:

Gisbert Haefs
Hannibal
Der Roman Karthagos
01/8628

Julian Barnes
Eine Geschichte der Welt in 10½ Kapiteln
01/8643

Max Goldt
Die Radiotrinkerin
01/8739

Gerhard Mensching
Die abschaltbare Frau
01/8755

Flann O'Brien
In Schwimmen-Zwei-Vögel
01/8771

Carl Djerassi
Cantors Dilemma
01/8782

Robert Gernhardt
Die Toscana-Therapie
01/8798

Wilhelm Heyne Verlag
München